Hans J. Rokohl

Kalle und Mannis zeitgenössischer Umgang mit Bildungsschichten aller Art

Kulturelle Bemühungen zweier indigener Hauptstädter

Bibliografische Information der Deutschen Nationalbibliothek: Die Deutsche Nationalbibliothek verzeichnet diese Publikation in der Deutschen Nationalbibliografie; detaillierte bibliografische Daten sind im Internet über dnb.dnb.de abrufbar.

Verlag: BoD · Books on Demand GmbH, In de Tarpen 42, 22848 Norderstedt, bod@bod.de

Druck: Libri Plureos GmbH, Friedensallee 273, 22763 Hamburg

ISBN: 978-3-7693-2330-6

Vorwort

Über Kalle und Manni habe ich diese kleinen Geschichten geschrieben, und weitere werden folgen. Meine beiden Protagonisten sind Hauptstädter, aber viele Zuzüge haben das Ursprüngliche in Sprache und Binnenkultur mehr und mehr zurückgedrängt. Dennoch sind Kalle und Manni eingefleischte Berliner geblieben, sie reden miteinander, wie man es vor Jahren vor allem im Ostteil der Stadt noch oft hörte und was man im Volksmund die Berliner Schnauze nennt. Sie ist derb im Ausdruck, aber wer genau hinhört, spürt die innere Herzlichkeit der Bewohner.

Hinzu kommt, dass Kalle und Manni sich nicht nur kulturell unterprivilegiert fühlen, sondern auch glauben, dass es ihnen an Bildung mangelt. Ein typisches soziologisches Problem. Deshalb nimmt Kalle an einem Schreibcafé teil und teilt seine Erfahrungen mit Manni. Als dicke Freunde tauschen sie sich über das allgegenwärtige Kulturgerede aus, aber auch über Zeitgenössisches. Als Berliner und Autor kann man mir einige Erfahrungen mit dem Geschilderten unterstellen, ich bin in einem besseren Viertel aufgewachsen, so haben wir nie geredet, oder doch, Konrad Adenauer war das Rheinische auch nicht abzusprechen.

Nu kieken Se'mal rinn in de Jeschichten von Kalle und Manni.

Das Foto auf dem Titelblatt ist von der Info-Box des zukünftigen Homboldt-Forum in Richtung Alexanderplatz von mir aufgenomen

Berliner Kulturbanausen

Normalerweise sitze ich um 8.30 Uhr an meinem Schreibtisch. Das ist jeden Tag meine Zeit. Auch jetzt, und schaue mir das Bild an, das im Schreibcafé der Evangelischen Kirchengemeinde Köln-Klettenberg erhalten habe. Und wie immer denke ich mir etwas dazu aus, als Hausaufgabe. Nein, diesmal lasse ich nachdenken, von zwei Indigenen unserer Hauptstadt im Originalton. Ob ihnen damit die kulturelle Teilhabe des Sugets gelingt, lasse ich mal dahingestellt. Auf jeden Fall ist es ein Anlass, bei künftigen Berlinbesuchen genau hinzuhören.

Hören wir, was die beiden Kulturbeflissenen Kalle und Manni zu sagen haben.

***

„Du, Kalle, ick bin im Kino jewesen, hab mir ´ne ollen Jruselfilm gejesehen. Mir hat det Plakat davon so anjemacht. Steht da eener uff ´nen ollen Segelkahn und kiekt so um de Ecke. Ick hab´ ja nischt jejen Segelohren, aber spitze dazu, hmm. Un de schiefen Zähne, wer looft denn mit sowat rum. Soll mal zum Dentiste jehen, de Eckbeißer sind zo lang und sehn´ jefährlich aus. Ooch de Finganäjel kanna sich mal schneiden lassen. Bei sone Schippen denkt man, der hat Dreck am Stecken. Ich saach nur, vor ´ne Fünwer pro Stücke inne Nagelstudio sin se´ weg. Det mit de Jlatze jeht en Ordnung, loofen ja alle so rum. Aba de schwarze Klamotten, det is janz old fashioned. Kann sich mal neue koofen.“

„Manni, nu halt mal de Luft an, saach ma lieba, wo sowat aufjeführt wird un wie det dia jefallen hat. Ick gloobe, ick kenn´ det Machwerk. Hat der Murnau jeklaut von den Bram Stoker, ´ne Iren, der hat wat´ vonne undoten Jrafen in Transsilvanien jeschrieben. Un de Adlije hat denn nach England jemacht, un sich da rumjetrieben. War scharf uff de Lucie von seine Besucha.“

„Mensch Kalle, da kennst du ja det Stück, aba een kleenet bisschen anders wa det schon. Icke fang´ mal von vorne an. Also, ick bin en det olle Kino in der Großgorschenstraße jejangen, is ja mehr een Museum for olle Zelluloidstreifen. Erst dacht ick, de Lautsprecha funktionieren nich, aba denn hab ick et jeschnallt, det war een Stummfilm. Um am Ball zu bleiben, musste man de Texte mang de Bilda lesen. Un dazu klimperte eener uff ´ne Klavia, nich jerade Heavy Metal, passte aba zu dette, wat jerafe jezeigt wurde. Det mitte Jrafen stimmt, doch der heeßt anders, Orlok oda so und de Jeliebte heeßt Ellen, un det janze spielt in Visborg, gemeent war wohl Wismar. Da hatten se´ jerade die Pest am Hals. Wie det mir jefallen hat? War janz jut, kanma nich meckan, reeßt aba eenen nich vom Hocker.– Aba mal wat anderes, woher weest du denne vonne Stück?“

„Ick dachte ma, Kalle, mach´mal wat in Kultur, imma nur uff´ne Molle abhängen, is nischt uff de Daua. Da hatten se´ inna Paulus-Jemeende vor de Grufties sone Schreibstube uffjemacht. Un mang de Jebildeten war icke ooch dabei. Se´sachten imma – wie schön, dass wir auch bildungsferne Teilnehmer hier haben. Wat <u>die</u> zusammenkritzeln, det kann icke ooch. Un erst det Männekin vorne, sone Journaliste, war uff de Unität un hat ne´ Magister jemacht. Hätta mal ´ne Meester jemacht, so wie icke, denn hätta ooch mehr Kohle in der Tasche, un müsste nich andere det Klieren beibringen.“

„Ick gloob´ dette nich, du machst uff Kultur! Un da bring´ se´ dir sowat bee. Saach nua, jetzt kannste de Akkusativ von´ ne Dativ untascheiden. Da hab icke inna Penne mal uffjepasst. Nu bin ick aba uff´nen Keen mitte Jeschischte von de abartigen Jrafen. Ham´ se´ darüber jeredet?“

„Ach, Manni, du weest ja, wie se´ sinn, haben det janze Werk aus´neanda jenommen. Schwafelten wat üba de Natur vonne Sache: als *Untoter sei er jenseits der Kategorien von Schuld und Reue.* Un weiter: In den Film warn *sehnsuchtsvolle und verklärende Elemente der Romantik.* Denne sachte eener wat üba det *metaphysische Sinnbild politischer Diktatur,* un

´ne andere wat üba *die traumatische Kompensation der in der bürgerlichen Gesellschaft untersagten Sexualität*. Und de Journaliste jab noch eenen druff: *Man solle doch nicht vergessen, dass die realistische Inszenierung des Films den Eindruck erwecke, übersinnliche Vorgänge seien wie selbstverständlich in der realen Welt verankert.*

„Au Mann, Kalle, jetzt hör uff, icke verstehe nua Bahnhof. Da jehst de hin! Ick wees nich, ob det dir jut tuen tut. Kannst ma mal uff ´ne Stuppi einladen, oda bessa ick bring gleech ´ne janzen Kasten mit. Bis dahin wird dette mit deene Hals wieda jut sinn.“

„Is ´ne jute Idee. Komm mal nächste Woche vorbee, denn is det mit meene Hals wieda roger, müssen wohl Flöhe jewesen sinn. Ach, un mach de joldene Kettchen mit de Kreuz ab, det steht dir in deenen Alta nich mehr. Un, Manni, nimmst du noch det Xerelto? Det is jut vors Schlürfen.“

Gedenktafel Am Hafen 1 (Wismar) Nosferatu

Bildaausstellung

Über die kulturelle Teilhabe zweier Hauptstädter habe ich bereits geschrieben. Bei dem einen scheint mir die kulturelle Aktivität Früchte zu tragen, bei dem anderen muss man wohl abwarten. Der Kalle hat es mit den Flohbissen etwas übertrieben, er war nicht infiziert, und der Manni kam mit den Stubbies von Schultheiss, das goldene Kettchen mit dem Kreuz blieb um seinen Hals, es hätte auch nicht gestört. Ohne Xarelto ging es nicht, Vorhofflimmern ist eine Volkskrankheit, und ohne Blutverdünner ist die Gefahr eines Schlaganfalls groß. Aber lassen wir die Widrigkeiten des Lebens beiseite und wenden uns einem anderen kulturellen Ereignis zu.

Kalle und Manni trafen sich wieder einmal und hatten sich viel zu erzählen. Und das in der in der Hauptstadt selten gewordenen Berliner Schnauze.

***

"Mensch Manni, meen Freund, so seh'n wia uns mal wieda. Wa een netta Abend mit de Stubbies. Jut, de ick dia treffe, hab mit dia wat zu bequantschen. Komme jerade vonne Schreibstube, du weest ja, wo ick mang de Jebildeten janz alleene bin. Un da ham'se Hausuffjaben mitjejeben. Ick gloob', det raff' icke nich."

„Ja, Kalle, du siehst ooch janz vabildet aus. Ick hatte dia ja jesaacht, det bekommt dia nich. Aba lass mal Manni rann, det Ding kriejen wa beede schon jebogen. Nu quantsch dia mal aus, wat for'n Unsinn sollste machen."

„Au, Manni, det fing schon schlimm an. Ick sollte ma vorstellen, icke wär' een bestimmte Boom, un warum ick det wär'. Keene Ahnung, aba da hat ma meen Autor jeholfen, hat mir eenjeflüstert, ick soll ne' Buchsbaum sein, ooch wenn det keen Boom is, wo der jepflanzt is, jefällt. det allet.

5

Ick muss dia saaje, ick hab´ ma schwer jetan mit dette, dachte imma anne Friedhof.“

„Haste Rech´, aba de´ Jarden im Charlottenburga Schloss is doch supa mit de ville Bux. Ick see jerade, du hast so een Bild inna Hand. Haste det och von denen?“

„Hab ick jezogen aussa Keksbüchse vonne Journaliste. Hätt´ ma leiba wat zum Knappern jewünscht. Det Bild wa jefaltet, sollten wa erst zuhause uffmachen un denne een Text dazuschreiben, aba so dette, wie hatta jesaacht, dass der Text offenbleibt. Kiek´dir mal det Bild an, ick kann nischt damit anfangen.“

„Kalle, ick muss dir saajen, icke och nich! Un dette soll Kunst sin. Da is ma det Wimmelbild von meener Kleenen doch lieba. Aba ick kann dia helfen. Hab mal Kurs vonne Bilderkennungs-Software jemacht. Also, du scannst det Bild, un denn speicherste dette uffnen Computa, aba so, dettte det wiedafindest. Denn roofste Google Images uff un lädst det Bild ruff. Uff „Suchen“ klicken und schon haste de Information vonne Bild. Un denne weeste wo det herkommt.“

„Au, Manni, ob icke det schaffe. Ick wees aba eenen, der kann dette. Werd´ ihn mal frajen. Un wenn wa det jeschafft haben, melde ick mir bei dia.“

***

Drei Tage später klingelt Mannis Handy.

„Hallo, meen Kleener, hier is Kalle. Du, wia haben wat jefunden von det Bild. Meen Computa-Junkie hattet ma it ausjedruckt. De WDR hat wat üba ne´ Fotoaausstellung in Düsseldorf jesendet, die heest „Size Matters“ un is´ da inne Kunstpalast. Un wat se´ dazu jeschrieben, versteh´ icke nich. Villeicht wirste de schlau draus. Ick lees dir eenen Satz vor: „Die Schau demonstriert, dass gerade die dimensionale

Beweglichkeit dem Medium Wirksamkeit in kulturellen, sozialen und politischen Kontext verleiht."

„Hör´uff, Kalle, ma wird janz schlecht, vasteht doch keen Mensch. Weeste wat, schlag doch de Schreiber-Guru un de janzen Bande een Ausfluch nach Düsseldorf vor. Denn jehste da rinn un lässt dia allet erklären."

„Manni, watte vorne Ideen de hast. Eenfach schnaffte! Ick hab jehört, aussa de Kultur soll da janz schön wat los sin. Da soll det inne Altstadt de längste Theke vonne Welt jeben, aba det Bier soll alt sin, jedenfalls heest dette da so. Un neuerdings sollste anne Rhein prominieren können. Wat ick noch jehört habe, die quaken so komisch, da hat der preußische Umjang inna Vajangenheit wohl ooh nich jenützt."

„Size matter" Ausstellung im Kunsrpalast Düsseldorf

Da hält eener de Hand uff

Kalle konnte sich mit seinem Wunsch, die Fotoausstellung in Düsseldorf zu besuchen, bei den Herren des Schreibcafés nicht durchsetzen. Woran das wohl lag? Vielleicht waren zu viele Kölner unter den Möchtegern-Autoren, da hat er was gemerkt - Animositäten. Oder man traute ihm nicht zu, die Kneipenbesuche geordnet zu überstehen. Aus dem Düsseldorf-Trip ist jedenfalls nichts geworden. „Et es wie et es", sagten sie und fügten Artikel 1, Rheinisches Grundgesetz, hinzu. Das überzeugte Kalle nicht so ganz, woher auch, aber er ging weiter in die Schreibstube, wie er das Schreib-Café nannte. Und wieder traf er seinen Freund Manni.

***

„Manni, wat vor Freude det ick dia wiedasehe. Wat machste denn hiea am Reisebüro? Willste dia Welt ankieken un och mal schnuppern, wat aussa in deiner Kneipe so going-on is. Reisen soll ja bilden, hast och nötig."

"Ach, Kalle, ick muss mal raus ause' Jewimmel, de Hektik un de ville Mensche, de imma nuur de Hand uffhalten. Da dachte ick, ick mach eene Kreuzfahrt mit da Anjetrauten. Da sitzte da un kiekst üba de Wassa, wenn du jenich davon hast, jehste ne Bier zischen. Denne machste dia uff de Lieje breit un wartest, bis de wat hinta die Kiemen kriechst. Und det Bett musse och nich machen, det macht eener vor dir, nennt sich fein Steward un hält am Ende de Hand uff. Dat mit de Bildung kommt och nich zu kurz, machste een Ausfluch mit, un erzählst späta, dat der Reiseleita jesagt hat, jetzt heben Sie aber ein tolles Erlebnis gehabt."

„Also, Manni, wat de dir so vorstellst. Ick kann dat net bejreifen. Da biste unta ville Tausende uff' nen Schiff und det Schiff verbraucht de schwarze Pampe, die sich Schweröl nennt. Haste denn keen Umweltbewusstsein, kiekt dir det mal an, wat für Rauchschwaden die abjeben. Ick saach nur, unjesund, da hat mal Fridays for Future recht. Aba det past janz jut zu de Hausufjabe vonne letzte Woche. Ick meene det, mitte Verreisen. Ick soll ma vorstellen, ich verreise een Jahr lang un soll saajen, warum ick dette tue."

„Schwachsinn, wer tut denn det schon, haben se keene Arbeet oder sin se´ uff ne Sabbatical-Trip? Ick kann ma sowat nich leisten, ne Kreuzfahrt for eene Woche, dette is bei Manni drin, nich mehr."

„Hat der Journaliste och nich so jemeent. Ick soll ma det nua ausdenken. Bis jetzt kam nischt dabee raus. Denn hab´ ick meenen Autor jefragt, der is mit seene Eleonore vill inna Welt rumjekommen. Nimmt imma ne Dampfer vonne Amis, meent dassa da nich so ville Deutsche um sich hätte. Jetzt willa nach Australien un dann de Rest vonne Welt. Hat mia ooch verraten, wie det Schiff heest: Celibrity Solstice. Ick hab in Deeple Tranlation nachjesehn, wat det bedeutet, die gefeierte Sonnenwende. Da kringeln sich bei ma die Locken. Ihn eenen Globetrotter zu nennen, meent er, wäre schön, aba icke würde ihn als Globetrottel bezeichnen."

„Mensch, Kalle, du jehst aba jrandenlos mit den um, un een Trottel issa bestimmt nich, ick hab jehöhrt, der hat soja ne Dokta jemacht. Det sin deene Bedenken mitta Umwelt, biste jetzt bei de Jrüünen? Also icke mach meene Kreuzfahrt mit Trautchen, un da bilden wir uns beede. Du uff deene Art un icke uff meene."

„Bis wa denn beede Jebildete sinn, wird det noch wat dauern. Da fällt ma det Bild in, wat ick diemal aussa de Keksdose jezogen habe. Vonne Kekse imma noch keene Spur. Ick hab ma sone Kleenet ausjesucht, dachte ma, muss ma och weniga darüba quatschen. Ick zeig dia det mal."

„Au, Kalle, wat haste da jezogen. Da kniet eener an irgend eenen Laden oda so un hält de Hand uff, un man sieht nur de Arm un de Kniee mitte Stücke vonne Ledajacke und vonne Jeans. De Leute loofen an de Bettler vorbee, da siehsté nua die Beene un de Schuhe. Haam det alle eilich."

„Wenn ick ma de offene Hand so ankieke, die un de Kerl dahinta is nich von hier, eha aus Afrika. Da ham´se nicht keene Arbeet un ooch nisch zu beißen. Un denn komm´se zu uns, un halten de Hand uff. Müssen´se aba garnich, jibt doch jetzte ne Bezahlkarte vor de Asylbewerba. Icke hätte och so eene, nua mit mehr druff.“

„Mensch, Manni, ma komm de Tränen. Du machst ne Kreuzfahrt für ne paar Tausenda un willst noch Stütze haam. Nebenbee verpesteste damit de Umwelt. Aba wat soll ick mir vor det Bild ausdenken? Soll ick an alle de Armen in Deutschland denken oda anne Katastrophen in Afrika? Da bin ick übafordert un mang de Jebildeten will icke det ooch nich diskutiern.“

„Ja, Kalle, jetzte haste ne Problem. Saach doch eenfach, ick jehör nich zu de Arme, hab´meene eijenen sozialen Probleme un bin vorde Umweltschutz. Da liegts du jenau im Trend, mainstream.“

„Da werd´se Oogen machen. Könnte sinn, dass de ma schief ansehn´. Un ick höre schon eenen sajen, dass die Bildungsferne so deutlich zum Vorschein kommt, hätte nicht er erwartet.“

Obdachloser bittet um etwas Geld

Ochsen, die keine sind oder doch

Manni ist von seiner Kreuzfahrt zurück und will Kalle von seinen Erlebnissen erzählen. Dieser hat sich inzwischen mutig in seine Schreibstube begeben und neue Eindrücke gewonnen, die er unbedingt loswerden will. Außerdem hatte er mehr über seinen Autor erfahren. So trafen sich die beiden diesmal nicht in ihrer Stammkneipe, sondern im Café Einstein am Pariser Platz, weil sie meinten, jetzt wären sie intellektuell genug zwischen all den Journallisten aus den Hauptstadtstudios zu bestehen. Ob das das illustre Publikum auch so sieht, stelle ich darin. Um nicht ganz aufzufallen, versuchten sich die beiden mal in Hochdeutsch, oder was sie dafür hielten.

***

„Manni, jrüß dir, is ne schicker Laden hier, machen een uff Wiena Kaffehaus. Biste de mitta neuen U-Bahn jekommen, der U5? Die jeht jetze Brandenburger Tor bis zum Alex. Kannste dir jeden Bahnhof ankieken, eenfach schnieke.“

„Ach, Kalle, erzähl ma nisch üba de Vakehrmittel. Ick bin noch janz platt vonne Fahrt mitte Deutsche Bahn. Icke wollte dahin, wo det Kreuzfahrtschiff mia uffnimmt. Doch der Zuch hatte elende Verspätung, da wär ick mit de Trutchen fast nich mehr mitjekommen. Das Bordmanifest ist schon geschlossen, ham se' jesaacht. Da musst icke meenen janzen Charm uffbringen, un denn ham se' Trutchen un mia doch noch an Bord jelassen.“

„Reech dir ma wieda ab, saach mal, wie dette so war. Hast och een paa schöne Erlebnisse jehabt?“

„Na ja, waren ja ville Grufties an Bord. Warn schon überall mitt ne Schiff rumjekommen. Am Tisch waren wa zusammen mit eene Pärchen aus Hannover un eens aussen Rheinland. De Vaständigung war anfangs schwierig, denn jing es mitta Zeit. Am besten waren die aus Hannover dran, konnten aba ausa Hochdeutsch nischt anderet. Wo bleibt da de Identität? De Rheinlända kamen aus Köln. Die kiekten sich nua an un sachten deen: *Wenn ich su an ming Heimat denke un sin dr' Dom su vür mir tonn, möch ich direk op Heim an schwenke, ich möch ze Foß no Kölle jon."*

„Mensch, Manni, da hast ja ne netten Umjang jehabt. Woll <u>die</u> wirklich übas Wassa jehn, kann doch nua Jesus. Un dennoch die janze Strecke loofen?"

„Nee, Kalle, habn dett ma aklärt, is ne Liad wat se' im Karneval so jodeln, un da loffen se' ooch noch de janze Zeit. Aba nu erzähl mal, wat dir so passiert is."

„Inna Schreibstube hamse' alle ihre Jeschichten vorjetragen, un unsa Autor hat von uns beede berichtet. Da hatta zu mia jejaacht, icke soll mal de anderen de Jeschichten per Mail schicken, damit die dat bessa vastehen, die staunen imma nua Bauklötza. Un denn hat de Journaliste jesaacht, ihr sollt euch mal vorstellen, ihr wärt ein Haus, welches wäre euer liebster Raum und wie wäre er eingerichtet? Da bin ick übavordert un hab meenen Autor jefragt. Da hatta mia ne Foto von seenem Lieblingsraum jezeigt. Willste det mal sehn?"

„Mann, Kalle, sieht ja richtich nobel aus. Mit ne großen Schreibtisch und allei Krempel daruff. Un ne Jitarre un ne Banjo, un noch Klavier mit Noten uffnen Ständer. Uffne Klinperkasten steht een kleener Balina Bär, un wende aussen Fenter kiekst, sieste ne Jartenhaus. Kann der eijentlich wat spielen mitte Noten?"

„Kann ick dir nich jenau saajen, hat nua jemeent, seene Eleonore saacht imma nua, dassa de Lieda leiert, un det mit de

Musikunterich raujeschmissenes Jeld is. De Putzfrau aba freut sich, wenna een bisschen Musik bee ihra Arbeet macht. Un wena keene Lust zum Schreiben hat, kiekter aussen de Fenster, zum Jarden, da fellt ihm noch mehr Arbeet ein, un uff de andere Seite siehta inne Ferne, also nach Preußisch Sibirien, wia de Eifel nennt, da kommt schon mal ne neua Jedanke, aba meistens denkta an Berlin, un denn wieda an uns, ooch wenn wa janich, wie er, in Preußen jeboren sin."

„Icke find det janz prima von ihme, dassa an uns denkt. Aba, Kalle, du hast denn noch sonne Bild, zeigt ma det doch mal. Un meenste nich, wir sollten doch mal vasuchen, wie de anderen hiea so quatschen, denn kriejnse och de andere Hälfte mit."

„Find ich auch, Manni. Dann tun wir mal so. Also, das Bild ist von dem Leiter unserer Schreibgruppe, weißt du, der ist Magister und heißt Thomas. Er hat das Bild an die Schreibenden geschickt und an mich auch. Ich habe so eine leise Ahnung, wer darauf zu sehen ist, hat so eine Andeutung gemacht."

„Au, Kalle, ich sehe da zwei mit Kuhmasken oder Ochsenmasken. Auf ein Geschlecht will ich mich nicht festlegen. Und die tun so, als wollten sie uns verkohlen. Haben die uns gemeint?"

„Manni, ich glaube, du liegst gar nicht so falsch. Aber wie hatta sich das gedacht. Sind wir die Hornochsen, die Späßchen machen, die den Gebildeten eins auswischen wollen, oder ist der Thomas zu einer tieferen Erkenntnis gelangt?

„Was meinst du damit, Kalle. Du regst dia doch immer auf, über det hochwissenschaftliche Geschwafel, was de Literaturheinis da absondern. Du bekommst doch imma eenen Anfall, weil de nich alles verstehst, und dasste Gefühl hast, dass die wat Besseres sin."

„Ick weiß nich, vielleicht kanna uns ganz gut verstehen. Ich habe gehört, dassa auf den Zweiten Bildungswech Abitur gemacht hat. Und will uns über drei Ecken sajen, dassa uns dette weitabringt. Übrigens, unsa Autor is ooch so am Studieren jekommen."

„Kalle, haste jemerkt, jetzt interessieren se sich nich mehr für unsa Gequatsche. Det haben die vascheinlich allet hinta sich. Komm, valassen wa de anheimelnde Stätte un jehen in meene Stammkneipe, da sinn ma unter uns. Lass, de Blaufränkische hiea stehen, sone Weiße mit Strippe* ist doch wat Schönes."

Tennismatch der Kühe in choices Kultur, Kino, Kön

*Berliner Weiße mit Schnaps drin

Mir ist so langweilig!

„Hallo, Manni, hia is Kalle. Icke muss mit jemand reden, mia is soo langweilich!"

„Ach Kalle, du bis dette, nah da freu´ ick ma aba, dass ick von dia höre. Wat sach´ste, dia is langweilich? Wat haste denn, nüscht zu tun?"

„Manni, du weest doch, ick bin doch imma zu de Schreiberlinge jeloofen, um ma zu bilden. Jetzte machen se´ mal Pause, müssen mal Abstand vom Janzen nehmen un lassen ma mit meena Langeweile aleene. Icke war doch schon so jut druff, hab sojar manchmal det Jeschreibe vastanden. Mia is so langweilich!"

„Beruhje dia mal, ick gloobe, da jibbet wat dajejen. Wat hälste davon, wenn wa een kleenen Ausflug ins Jrüüne machen? Da quackste dia üba deenen Zustand aus un icke höre dia manierlich zu."

„Au Manni, wollte ick imma wieda mal inne Jrunewald, un ick wees ooch wo: det Wirtshaus Schildhorn an de Havel hab ick noch im Jedächtnis. Un die haam bestimmt wat Saisonaalet."

„Ja, Kalle, dette is ne´ krorke Idee von dia, un wenn se´ wat mit Sparjel un Erdbeern habn, denn wird det eene juta Tach. Un ick wees noch wat, wa treffen uns am Bahnhof Witzleben, von da fährt sone oller BVG-Bus. Da kannste dia oben vorne de Jegend ankieken. Un der fährt janz jemütlich de Havel-Chaussee runter bis zum Ausfluchslokal."

„Allet roger, dann treffen wa uns morjen an de Bahnhof. Bis dahin halt ick det mit de Langeweile aus. Adschö!"

***

Tatsächlich trafen sich unsere beiden Protagonisten an besagtem Bahnhof, von wo aus stündlich der historische Bus abfährt. Mit diesem ging es über die Masurenallee und die Heerstraße zur Unterhavel mit der Halbinsel Schildhorn. Die dortige Ausflugsgaststätte gibt es schon seit seit Jahr und Tag , und ein beliebtes Ausflugsziel der Berliner und Wassersportler der Hauptstadt.

Restaurant Wirtshaus Schildhorn in Berlin-Grunewald

Die Halbinsel Schildhorn verdankt ihren Namen dem Wendenfürsten Jagow. Auf der Flucht vor dem Askanier Albrecht der Bär durchschwamm er die Havel und ertrank fast. In seiner Not rief er den Slawengott an, doch der erhörte ihn nicht, so versuchte es Jagow mit dem Christengott, der half. Am rettenden Ufer angekommen, legte er, nun bekehrt, Schild und Horn ab. Soweit die alte Sage. Aber bleiben wir in der Gegenwart und treten wir ein in die Gepflogenheiten der Berliner Ausflugslokale.

Die Kellner dieser Lokale empfinden das Fragen nach der Speisekarte, das Bestellen und Bringen der Speisen sowie das Bezahlen als Angriff auf ihre Persönlichkeit und bestrafen dies mit überlangen Wartezeiten. Also: Geduld und Zeit mitbringen, vielleicht etwas Knuspriges für zwischendurch. Kalle und Manni als gestandene Berliner wissen das und können damit umgehen. Hören wir mal rein.

***

„Du Kalle, kiek mal, der mit der weißen Affenjacke un de Servette üban Arm hat jerade uffjeroocht. Peil den mal an, vielleicht könn´ wa bei dem wat bestellen." „Ja, mach ick, linns mal in de Speisekarte vor dia, wat

„hamse´ denn so anne Sparjeljerichte? Un weeste schon, wat de für Bia haben willst, doch wohl ne´ Molle vom Fass.“

„Mensch, Kalle, icke werd varückt, da steht bei Sparjel: Grüner Sparjel jegrillt mit frischen Ziegenkäse in Erdbeersauce un neue Kartoffel mit Schale. Steht janz groß als Spezialität da, un darunta janz kleene: Weißer Sparjel traditionel mit Sauce Hollandaise un Salzkartoffeln.“

„Guten Tag, die Herrschaften wünschen zu speisen? Vielleicht ein Spargelgericht? Und als Dessert ein Erdbeer-Tiramesu? Empfehlung des Hauses.“

„Uff de Karte steht ooch wat von janz normalen weeßen Sparjel, dette nehme icke un vor de Duarst bringse´ ma een frisch jezapptet Bia.“

„Ja, Manni, det nehm´ ick ooch, dette mit de französischen Sparjel un de Ziegenkäse lasse wa mal, un ooch een Bia vom Hahn, aba een großet.“

„Ich nehme mal auf: Zweimal Spargel mit Souce Hollandse, zwei große Bier vom Fass. Da haben wir Charlottenburger Pilsener. Soll es was zum Nachtisch sein?“

„Ick nehm´ de Erdbeeren mit Sahne, det Tiramesu könnse lassen. Det Schlorrendorfer Pils ist jenehmich.“

„Super Kalle, det mitte Erdbeern zum Nachtisch ist jut, abe ick nehm´ det Erdbeereis. So, det wärs bei uns.“

„Haste de jesehn, wie der außa Wäsche jekiekt hat, ick gloobe wa sinn nich ma uptodate mittet Essen. Hat noch wat jesagt darüba: Die Gäste bevorzugen heute den französischen Geschmack und trinken eine guten Sauvignon Blanc dazu, zum Dessert eher ein Tiramesu und vor dem Essen ein Digestiv. Du Manni, wat meenste, sinn wa nich mehr den heutigen Ansprüchen am intellektuellen Essen jewachsen?“

„Lass mal jut sin, Kalle, davor sinn wa for de Nachhaltigkeit. Willste wissen wie? Wa ham doch Sparjel mit Salzkartoffeln bestellt, un die sinn jeschält. Wat se mitte Kartoffelschalen machen, wees ick nich, abe früha wurden die jesammelt un jegen Brennholz einjetauscht. Hat ma meen Autor von seene Opa. Un mitte Kartoffelschalen hamse´ de Schweine jefüttet. Heute machen die jehobene Jäste det selbst. Ist det nachhaltig? Übaleg´ mal. – Da kommt ja schon usa Bia!"

„Na denn Prost, Manni, nun sitzen wa hia draußen un zischen unsa Bia, und et beste is, mia is janich mehr langweilich. Is doch schön, so im Jrüünen un am Wassa zu klucken. Kiek mal üba zua Säule, wo der Jagow sinn Plunder jelassen hat, hat jesagt, icke will nun Christ werden. Un denn hätta er hier jesessen mitte Albrecht de Bär, un beede hätten ne ordentlichen Schluck jenommen."

„Is doch nich möglich, Kalle! Du bis ja richtich jeschichtsbeflissen. Ick bewunda dia. Aba icke bin vonne Socken, da kommt ja schon unsa Essen. Die Kleene is aba niedlich, is bestimmt ne Studdi-Aushilfe."

"Manni, wo de hinkiekst, denk lieba an deene Anjetraute, un überbahaupt in deenen Alter."

„Guten Tag die Herren, hier ist ihr Spargel, den Nachtisch bringe ich, wenn Sie damit fertig sind, guten Appetit!"

„Junge Frau, wa bedanken uns. Aba saagse´ mal, den Job machense aba nua aushilfeweise mitte Mindestlohn. Hier hamse en kleenet Trinkjeld, zieh ick den ollen Lackel von Oba ab. Wat machense denn sonst so?"

„Schönen Dank, ich bin im 4. Semester Germanistik, möchte mal Journalistin werden. Mein Freund, der Thomas, der ist schon fertig."

„Mann Kalle, bist aba neugierich, ick kann det ja vasteht, det is ja och ne janz Hübsche. Vagiss nich zu essen."

***

Lassen wir die beiden in Ruhe essen, genießen wir lieber den schönen Blick auf die Havel, und nehmen Ihren typischen Geruch wahr. Kalle und

Manni, nun gesättigt, erhalten die gnädigst gebrachte satte Rechnung und beschließen mit dem Bus zur Haltestelle S-Bahn Wannsee zu fahren. Da das Wetter so schön ist, nehmen die BVG-Fähre nach Kladow. Dort werden sie nach ein paar Bierchen den Rückweg antreten. Und Kalle wird sagen: „Langweilich is ma nich mehr."

Schildhorn – der vergessende Ort

Ick freue mia!

„Kiek mal da, der Kalle, alta Schwede, wat machste´ denn hia?"

„Jrüß dia, Manni, ick freue mir, dass icke dir sehe. Un ick freue mir noch mehr, aba dette erzähl ick dia späta. Jetze jeh ick erstmal zua Andacht hia um eense inne Jedächtniskirche. Ick muss mal abschalten, und det kann ick am besten, wenn ick ne Orjel höre."

„Mensch, Kalle, biste jetze fromm jewordn´ oder wat hat dia jepiesackt? In det Ding, wat der Eiermann sinne Kirche nennt, jehste rinn, un wenne drinne bist, siehste nua Blau. Is doch sonst ne´ Zustand von dia."

„Nu jib mal nich an, wer wa denn blaua det letzte Mal, du oda icke. Aba lass mal, Manni, ick muss uff andere Jedanken kommen. Un sone viertel Stunde halt ick det aus, och wenn det Männekin vorne Alta mitte schwarze Kutte wat von Vata, Sohn und heilijer Jeist redet un zum Schluss noch de Arme hebt und mia sejnen will. Vielleicht is da och ne junge hübsche Frau im Verkündigungsdienst, so nennt sich bei den Evanjelen det Pfarramt, denn hör ick jenaua hin."

„Aba, Kalle, kiek dir mal nich de Oojen aus. Ick wunda ma, dass de üban Verkündigungsdienst Bescheid weest, wo hast denn det her?"

„Ja, Manni, wenn de sonen Autor hast, wie wia, denn bekommst sowat mit. Der war mal inna Kirchenleitung, schimpft sich Presbyterium, un hat ma erklärt, wie det bei den Evanjelen im Allgemeenen so is, im Besonderen darfa nicht sajen. Doch mitte weese Lappen untern Kinn, wat se´ Bäffchen nennen, dette war interessant. Musste jenau hin kieken, denn weeste´wat vor Sorte von Evanjelen de vor dia hast. Also der Bartschoner, davor is de Lappen da, hat zwee Teile, wenn se´ zusammengejenäht sin, haste een Reformierten vor dir, sonen Verkündigungs-Junkies, wenn die beeden Teile halb zusammen sin, sin det Hallb-Junkies un nennen sich Uninierte, nun denkt an nüscht andret, un wenn allet jetrennt ist, dett sinn Lutheraner, machen allet so wie de Katholen, nur uff evanjelisch."

„Aua, Kalle, det is zu ville vor mia, muss icke ja ooch nich allet wissen, bin in keener Kirche. Un mit dia jehe ick ooch nich hia rin. Ick jeh mal rüba de Bikini-Bauten, da hamse´ jetzte ne´ Food Court, wenn de weest wat det is. Da such ick mir wat Leckares zum Happern aus. Ick warte uff dia im „Spreegold" uffe Terrasse."

***

Eine halbe Stunde später setzt sich Kalle zu Manni an einen Tisch im Außenbereich des Restaurants. Das Spreegold ist ein Konzeptrestaurant, das von früh morgens bis spät abends nur frische Produkte verarbeitet und anbietet. Kalle und Manni bestellen frisch zubereitete Pasta und das obligatorische Bier. Während sie auf ihre Bestellung warten, unterhalten sie sich angeregt.

***

„Mensch, Kalle, wat seh ick da, hast ja ne´ kleenen Heilijenschein umme Birne. Bist jetze fromm?

„Manni, jetze wär mal nich komisch, ick kann ja nüsch dafür, daste nich an Jott gloobst. Mir hat det inna Kirche jefallen, un de nette Pfarrerin hat ma am Ausjang de Hand jeschüttelt. Da freu ick mir hoch dree."

„Is ja jut, vorhin haste dir ooch gefreut, haste aba nich jesagt warum. Wenn icke det mit dia teilen soll, muste mitte Sprache raus."

„Det jeht um de Schreibstube, weeste. Der Thomas, also unsa Vorturner, hat de nächste Schreibstube klarjemacht. Hat jemailt, das wia uns im Juli neu treffen. Un icke bin wieda dabee. Darüba freu ick mia. Un unsa Autor soll sich mal Jedanken machen, obba üba uns wat vortragen will bei der Lesung."

21

"Auweia, Kalle, du hast ma doch erzählt, det der dette nich so jut kann, ick meene det vortrajen. Die Sabine da inna Schreibstube meent imma, dassa zu leise sprich´ und nuscheln tuta dazu."

„Manni, die hat jut reden, da muss ick unsa Autor in Schutz nehmen, ick meene, is eben nich jeden jejeben. Un in seine Alter lern`ter ooch nüscht mehr dazu."

„Lasset jut sinn, kiek mal, da kommt unsa Futta. Da haun wa richtich rinn. Mann, ick komm´ ma vor, wie uffe Serviertella, alle die Touris hier un de Youngster mitte Handy vor de Neese. Ick kiek ma lieba een bisschen um."

„Ja, Kalle, ausse Bikini-Bauten is wat jeworden, wa früha Zentrum for Damenoberbekleidung, also de Garment District vonne Westberlin. Dann hab´nset umjebaut, un jetzte in eene Shopping- un Goumet-Mall. Det allet nennt sich jetzt Bikini Berlin mit uff de eene Seite de Berlina Zoo und uff andere die olle Ruine vonne Jedächniskirche un de Sakralbaten ringsrum vonne Eiermann."

„Manni, du weest ja wat, hätt ick von dia nich jedacht. Aba untern Bikini stelle ick ma wat anderet vor. So, als wenn die Pfarrerin jerade det Große Schwarze ausjzogen un een schicken Bikini anjezogen hätte. Nu komm mal raus mit deene Weisheit.?

„Denn leiste icke mal Bildungsarbeet. Alse damals jebaut habn, habnse üban Erdjeschoss enn Jeschoss leer jelassen, een Architekte sacht dazu Luftgeschoss. Un darüber habnse weita jebaut. So hattense denne een Obateil un een Untateil, wie een Bikini. Haste kapiert?"

„Ach, Manni, wat mach ick nua ohne dia. Wenn ick dia nich hätte un de jroßen Kartoffeln, also übatragen de Schreibstube, denn würd´ ick de Bildung nua von weiten sehn. Un wenn wa uffjejessen habn´, besuchen wa deene nahe Verwandten. Brauchen nua anne Terrasse vorbee in Richtung Bahnhof Zoo jehen. Da kannste dia die uffnen Affenfelsen ankieken."

Bikini Berlin Straßenansicht

Unsa Autor is vonna Rolle

„Na, Manni, wa doch ne´ jute Idee vonne unsa Autor uns hiaher zu schicken. Un jetze hocken wa warm un trocken inne Prater-Jarden uffen Prenzlauer Berch.“

„Ja, Kalle, un de Molle kommt inne Biakruch XL. Is ja fast wie bee de Seppln in Bayern. Aba, sach´ mal, woher hatta denn de Tipp?“

„Hatta ausse MONUMENTE von de Deutschen Denkmalschutz, da habnse´ eene Artikel drüba jeschrieben: - Treten Sie ein in die Welt des Berliner Prater-Biergartens – Geselligkeit und Geschichte. Un denne hatta mia azählt, dass sich da zwische de Boome un de Biakrüje de pralle Jeschichte vonne Lokalität vabircht. Un de Jeschichte vonne Ort is gepräächt vonne Lebenfreude, Solidarität un politischen Engajemang. So hatta jesagt.“

„Mensch, Kalle, da hatta ja mitte uns de Najel uffe Kopp jetroffen. Hia sin wa richtich, lebenslustich, icke bin solidarisch mit dia un det politsche Engajemang müssen wa noch diskutian.“

„Halt de Luft an, Manni, deen Jeschwafel hält ja keener aus. Lassen wia mal dette. Aussa mit de Tipp hatte ick det Jefühl, dass een bisschen vonna Rolle war. Hat imma wat jejault üba *When the roll is called up yonder*, un dabee de Ojen verdreht. Obba noch janz jesund im Kopp is?“

„Kann ick dia ooch nich sajen, Kalle, ick kenne ihm ja so wenich. Watta da von sich jibt, komm ma Spanisch vor, klingt aba nach Englisch. Icke kann zwar uff Englisch quatschen, aba dette vasteh´ick nich. Da müssen wia mal mit KI ran.“

„Da mach ick jetze meen Laptop uff un wia kiecken unta Deepl Translater wat de Spruch zu bedeuten hat. Ick jebe det ma ein. - Ah, da steht: *Wenn dort oben die Namen aufgerufen werden.* Kannste damit wat anfangen, Manni?“

„Kann ick, erstens meenen de Amis mit Roll ne´ Liste mitte Namen, ne´ Lohnliste is bee deenen eene Pay Roll, un zweetens gloobta, dassa bee Jott uffa Liste steht, for alle de inne Himmel kommen. Also, unsa Autor nich vonna Rolle sondan uffa Rolle", vastehste."

„Au, Manni, bee dia will icke vonne großen Kartoffen janich reden, da biste ma zu intelektuell. Du meenst, dassa vonna seina Kirche ne´ Schlach mitbekommen hat un jetze gloobt inne Himmel zu kommen. Ick weeß nich. Villelich is dette een Lied wat de Amies inne Kirche singen. Ick kieck mal, wat ick unta Youtube finde. - Da hab icke wat jefunden, kieck un hör´dia mal det an."

„Kalle, macht det nua nich zo laud, denn glooben se´rinsrum, dasse nich inne Biajarden sondan inne Kirche sin. De Amie, de da singen, sin aba jut druff, so richtich andrächtich sehn´ se´ alle aus, als ob se´ de liebe Jott gleech de Hand schütteln wollen. Aba de Melodie jeht ins Oohr, keen Wunda, dassa druff stehen tut."

„Mia jefällt det Lied ooch, da wird ma richtich heilich dabee. Manni, ick gloobe, dassa nua een Ohrwurm hat, so janz tief drinne. Haste ooch de Untatitel zum Mitsingen jelesen. Da hat ma wat vonne Text jefalllen: *Then when all live is over, and our work on earth is done…*"

„Jetze werde mal nich besinnlich. So alt biste doch noch nich, Kalle, dasste dia denkst: Dann, wenn alles Leben vorbei ist und unser Werk auf Erden getan ist. Un dia fragst, ob de uffte Liste stehst. Mia isset erstmal ejal."

„Gloob´ ick dia, Manni, aba mia isset nich ejal. Wenn dette soweet is, biste da nich von der Rolle, wenn de nich uffa Rolle stehst. Kann doch sin, dattet unsa Autor ooch so jeht."

„Reech dia wieda ab, Kalle. Kiek mal, wa sitzen hia inne Pater-Jarten. Gemütlich beem Bia ausse Sepple-Becha. Icke steh´ jetzt uff un hol´ uns wat vor hinta de Kiemen. Wat willste denne habn?"

„Manni, du bist meene Sonne. - Na wat denn schon, ne Zurrywurscht mit Pommes Rot-Weeß. Un wenne wieda da bist, azählste mia wat üba de Jeschichte vonne det Etablissemang. So een Schlaua vonne Kultur hat wat abjesondet, wie Die Protagonisten wandeln sich, das Denkmal nicht."

Fortsetzung folgt.

Abbildung vom Pratergarten

Berlina Originale unta sich

Kalle und Manni haben nach einem angeregten Gespräch über Gott und ihrem Autor Hunger bekommen. Manni geht zur Selbstbedienungstheke und holt Kalles geliebte Currywurst ohne Darm, aber mit Pommes und für ihn die obligatorische Boulette mit Kartoffelsalat, nicht oberschwäbisch. Jetzt sitzen die beiden da und lassen sich das bodenständige Essen schmecken. Wie war das Zitat des Kulturheinis: Die Protagonisten ändern sich, das Denkmal nicht. Das schreit förmlich nach einem Gespräch und Manni legt los.

„Du Kalle, ick hab von unsa Autor det Denkmal-Majazin jekricht un mia anjelesen, wat die so üban de Biergarden hia geschrieben habn. Und da war noch a Zitat von eene Kulturtante drin: Wir beschäftigen uns mit diesem Ort. Und mit den Menschen, die an diesem Ort waren. Kalle, uff uns jewartet hat de Liesel nich.“

„Kann ja ooch nich, Manni, wia sin ja keene Kultur-Fuzzis. Aba lass mal hörn, wat so mitte Gemäua un de Jarden hia allet passiet is. So ville icke weeß, gibt es dette schon seit Biedemeia-Zeit un lag forde Stadt.“

„Ja, Kalle, bist schon fast im Bilde. Aba icke weeß noch mehr. Zuerst gabs eenen Biaausschank, dann koop de Familie Kalbo 1852 de Etablissement, un dette wurde een Freizeit- und Verjnügungsjastätte, un nannte sich nu Café Chantant, Soubretten traten uff und Herr Kalbo nannte sich Cafétier. Mitta Polizei kama inne Bedrollje, weila keene Konzession vorm Schauspiel hatte. Un de schmutzije Konkurrenz machte seene Etablissemang zu schaffen. In Berlin jabet viea Kneipen uff 100 Famijen.“

„Un de haben de Menschen noch de letzte Jroschen rausgezogen. Aba ick weeß, dat de Famijen ihren Kaffee mitbringen konnten. Hier können de Famijien de Kaffee kochen, det steht noch vor meene Ojen.“

„Ja, so wa dette um 1900, Kalle. Aba vorhea war det janz politisch. De aktive Arbeitaschaft jründete Gesangs-, Sport- und andere *Tarnvereine* und feierte und agitierte ooch im Prater weita. Hia war jährlich Austrajungsort füa de 1. Mai. De Wirtin wollte damals aba wat Jehobens, machte uff Theata und es jab „Kabale und Liebe" von de Schilla. Kam aba nich jut an, det Publikum wollte lieba Tingeltangel, Chansonetten und Marschmusik, un sin abjehaun'."

„Siehste, Manni, denen jing es so wie uns heute, von höhere Kultur keene Spua. Aba inne zwanziger Jahre kam de Film uff, da hat det Etablissemang doch wolle mitjemacht."

„Hat es, siehste da anne Wand det Plakat vone Zeit. Mitte Theata war nu nischt mehr. De Wirtin valor de Konzession. Aber det jab noch große Momente, Hans Albers und Rudolf Platte kieckten mal inne Prater und 1935 dirigierte im Jarden de olle Paul Lincke seene große Kapelle. Bis Uns-Adolf üba uns kam, da war allet zappendusta".

"Icke wird'varück, der blonde Hans un de Volksschauspiela Rudi Platte, un de Paule Linke mit seina Berlina Luft ausse seene Operette Frau Luna. Aba, wie jings denne nach de Krich weita?"

„Kannste dia doch denken, Kalle, de Russen haben de Kino vor ihre Propajanderfilme jenutzt. Un späta hat sich der Bubi Scholz, keen Vawanta von unsa Kanzler, hia jeprügelt, dette war denne Anfang vonne seene Boxa-Karriere. Bee so ville Dynamik blühte de Biajarden uff. De Kommunisten habn´ det Janze zum Kreiskulturhaus jemacht, un de Köche und Kellner-innen waren nu Kulturschaffende."

"Au, Manni, da seh' ick ja ne Stern vor uns uffjehen. Wia Kulturschaffende, un det allet demokratisch. Jut, dass ick schon inne Schreibstube bin. Da jibtet ja noch Hoffnung, Aba bee dia, hast ja noch keene Bock uffne Kultur-Trip?"

„Warte mal ab, icke komm schon ausse Puschen, jemaach! Nu las mia det Ende vonne Jeschichte azählen. Schon vor de Wende wurde det Kulturhaus uffjelösst, un es kam Leben inne Bude. Donovan stand auf de Bühne oder Models trappelten üban Beton, anything goes, nua een Konzept war nich in Sicht. Denne bejannen de jroßen Bauarbeeten, det Theata sollte wieda funktional un schön werden. Millionen wurden verplempert, ohne dass de Saal fertich wurde.“

„Is ja heute nischt Neuet, denk´mal anne Elb-Philharmonie oda anne de Bahnhöfe vonne Bahn, du weest ja welchen. Ick gloobe aba, de Volksbühne hat da weita Stücke jejeben. Da war de Kultur wenigsten nich pleite.“

„Ja, Kalle, da jeb´ick dia Recht. Also kommen wa zum juten Ende. Pfingsten 1996 wurde de Biergarten mitte großet Fest wiedajeöffnet. Det jingen wieda de Lichta an, aussa denkmaljeschützten Bretterbude wurde eene Gaststätte vors janze Jahr.“

„Manni, du meenst wie ne´Uffastehung vonne Doten. Da freut icke mia aba. Haste jut jemacht mit deener Jeschichte, jetze weeßt ick mehr un fühl ma gelehrt. Apropos jeleert, kieck mal in deen Biatopp. Is ja nua noch ne Pfütze drin. Icke bestell Nachschub.“

Mach dette gleech, Kalle, un ick lees dia nua noch ausse Heft vonne Denkmalschütza eenen Satz vor, det jeht un de Durchfahrt zu de Etablissemang: *Sie repräsentiert eines der wenigen überkommenen Beispiele einer beidseitgen offenen reich gestalteten, spätklassizistischen Durchfahrt in der Stadt.“*

„Muss dette sin, da bekomme ick vor soville Kulturjerede Koppschmerzen. Hättste mia nich vorlesen solln, Manni. Hättest leiba jesacht, dette is hia een schöna Berlina Original-Biajarden mit Zubehör. Un wenn wa schon bei Orjinalen sin, sin wia beede ditte nich ooch?"

Ei häff e' Driem

Nein, hier geht es nicht um die berühmte Rede von Dr. Martin Luther King über die Gleichberechtigung der Schwarzen in den USA, sondern um Kalles Traum, der viel banaler und schon gar nicht charismatisch war. Er hätte auch sagen können: „Ich träumte von der Schreibstube. Nichts Berühmtes, aber etwas zum Nachdenken". So hatte er das dringende Bedürfnis, mit Manni darüber zu reden.

"Auweia, Manni, ick hab'wat jeträumt üba de Schreibstube. Dette lässt ma nicht ma los. Wat janz Schlimmet, sowat Interlektuelles, soll de Jeist anrejen."

„Rech dia mal wieda ab, Kalle, mia looft det schon kalt de Rücken runta, bevor de übahaupt een Wörtchen jesacht hast. Wat is det janz Schlimmes?"

"Du weest, es jibt imma Hausuffjaben uff, Hausaufgäbchen sacht unsa Schreibbeauftachta dazu, wenn se' mal anne Rhein alle so niedlich wärn. Un diesmal hatta jefracht: Ist Kult kulturelle Teilhabe? Beantwortet die Frage aus eurer Sicht. Ick gloobe, det hatta aussen Obasemenar vonna Uni mitjebracht un weeß nüscht besseret."

„Mann, Kalle, da hatta aba zujelangt. Wenn de dette noch nich jemerkt hast, der will deene Meinung, wie du dette siehst, nich sowat Akakademischet. Det is mal schon jut. Un wat noch jut ist, du hast Manni, der kann da villeleech weitahelfen. Jetze kieken wia mal bei Wikipedia rinn und denne bilden wia uns. Wat steht da mang anderet: Kultur ist die Gesamtheit der geistigen, künstlerischen, gestaltenden Leistungen einer Gemeinschaft als Ausdruck menschlicher Höherentwicklung."

„Oh Manni, wia wird janz schwindlich, det is wieda sonne Satz, wo de Jebildeten sajen: Dies bedarf aber des akademischen Diskurses, als die Gesamtheit der von einem Sprachteilnehma tatsächlich realisierten sprachlichen Äußerungen. Icke als Sprachteilnehma soll wat leisten, det zu wat Höheren jenutzt werden kann? Wenn icke nua wissen tue, wat det Höhere is?“

„Stell dia mal nich so an, det Höhere areecht man in Stufen. Also, du sachst zu mia, icke lade dia uff ne´ Molle ein, denne bist inne Kulturweld der Biatrinka, da aweitert sich zwar nich de Jeist, nua de Hosenbund. Oda de jeht mit mia inne Theatastück, da brauchste een bisschen mehr Jeist, damitte wat vastehts, det ins schon mehr Kultur, un inne Pause spendiert ick dir ne´ Bia, damit nich aussa Übung kommst. So jetze kommt de letzte Stufe. Ausse Schreibstube bringste een Jedicht mit, haste selbst jeschrieben un dette haste mia zujedacht. Denne haste dia und mia jeholfen, wat det Kulturelle betrifft.“

„Manni, du meenst, ick hab´ ma kultuell entwickelt und dia jleech mitjenommen. Och, deete is aba scheene! Nua sin wa noch nich am Ende. Jetze müssen wa noch kieken wat Kult is. Also rinn in Wikipedia: Im Kult tritt der Mensch in eine Sphäre ein, die sich deutlich vom Alltagsleben abhebt. Die Ausübung des Kultes erfordert eine entsprechende Vorbereitung und Konditionierung. Au Backe, Manni, da brauchte mia nich helfen, da bin ick selba uffn Kien.“

„Da icke aba jespannt wie ne´ Flitzebojen. Haste dia vonne Schreibstube jestich weitaentwickelt? Denne lass mal Manni lauschen.“

„Du steigst kultich uff deene Harley Davison un denn biste in Spähre vonne Biker, so breet cruisen un janz schmal denken. Un dette hebt dia vom Alltach ab, weil de andere Motorradfahra mitta ihre Jogurtbecha janz neidich kieken. Un denn hebst selba ab, meestens mental, een paar Mal ooch physisch. Det Bike haste dia anjespart und det edle Outfit dazu.“

„Man ja mal passieren, Kalle, mitte 360 Kilo Maschine kommste schlechte umme enge Kurve, brauchst een zum Rumheben. Ick kann dia mal anstellen. Jut, jetze habn´wa dette mitte Kult abjearbeetet, wenn och speziell. Und jetzt kloppen unsere jeistlichen Anwandlung mal zusammen. Ick gloobe eener von deene Jebildeten würde sajen: Jetzt vervollständigen wir unseren Diskurs."

„Also, Manni, icke hab ma kulturelle weitabeweecht mitta Schreibstube, du dia mitta Harley, wenn ooch vonne Kultur keene Spua. Aba beweecht habn´ wa uns beede. So könn´ wa mitten juten Jrund det Uffjäbchen aledijen. Icke schreibe eenfach: Kult ist kulturelle Teilhabe, weil sich da wat bewegt. Det lässt allet offen. Ooch Harleyfahra können davonne profitieren."

„Ja, Kalle, schreib dette mal uff un trajet vor. Doch schwaant ma Übles, eener vonne Bildungsheinis sacht bestimmt, dass er so etwas Abstruses noch nicht gehört hat."

Mannis Harley Davison

Nu wär´mal nich politisch

Am 9. Juni war Europawahl und der Berliner Tagesspiegel titelte „So haben Berlins Kieze gewählt" und kommentierte das Ergebnis folgendermaßen: „Die Ergebnisse unterscheiden sich zum Teil extrem zwischen den Stadtteilen der Hauptstadt. Während im Osten Berlins vielerorts die AfD Rekordwerte einfährt, dominiert im Westen die CDU. Die Innenstadt bleibt fest in der Hand der Grünen - trotz hoher Verluste im übrigen Bundesgebiet". Natürlich haben auch Kalle und Manni gewählt, wie, bleibt ihr Wahlgeheimnis. Nun sind Kalle und Manni keine eifrigen Zeitungsleser, für sie kommt eher das ZDF in Frage, aber sie vertrauen der Berichterstattung einer linksliberalen Zeitung. Und mit ihrer Meinung zum Wahlausgang können die beiden am Stammtisch nicht hinter dem Berg halten.

"Du, Manni, ick lees' ja jetzt ab und zu ne' Zeitung, hat doch eener vonne Schreibstube jesacht, lesen Sie denn keine Zeitung. Dette hat ma jewurmt und da hab' inne Tagesspiejel rinnjekiekt und mia üba die Wahlerjebnisse jewundert."

"Mann, Kalle, stehtste jetzt uff Schwarz-Uff-Weeß un koofst dia ooch noch ne' SW-Ferseha beem Höcker. - War ne' kleena Scherz, lass mal jut sin. Icke hab' ma de Wahlerjebnisse im Fernsehn anjesehen un ooch janz doof assa Wäsche jeguckt. Dette fasse icke nich!"

„Deene Witze machen ma krank, Manni. Außadem druckt de Zeitung heute manchet in Farbe. Bee de Parteien müssen se´ sonst die Farbe ranschreiben. Ick jib'dia ma ne' Beespill, for Rot musste schreiben Sozialdemokratische Partei Deutschland un for die Christdemokraten passt ooch bessa det Schwarz. Un aktuell, passt dette wie de Faust uff Oje. De SPD hat nüscht jerissen, davor habn' se ne' roten Kopp vor Wut un de Blackies müssen nich trauan, der Westen wa schon imma schwarz, wen ooch nich katholisch. Jetze hör ick aba uff zu labern un fraje dia, wat fasste denne nich?"

„Kalle, kiek dia doch mal de Erjebnisse uffe Wahljrafik an. Wat sieste mit deene Adlaojen? Der Osten is nich rot, sondern blau, dette jibbet nue bee de Chinesen. Villeveech hat de AfD so ville Bia ausjejeben un de Birne is weich jeworden. Denne inna Mitte, allet jrün, obwohl nich ville Jrün inne Innenstadt is, aussa inne Köppe vonne Umweltbeseelten. Un im Westen, da hat sich nüscht jeändert, dette sin de Jutsituierten, habn´ allet un dette soll sich ooch nich ändern.“

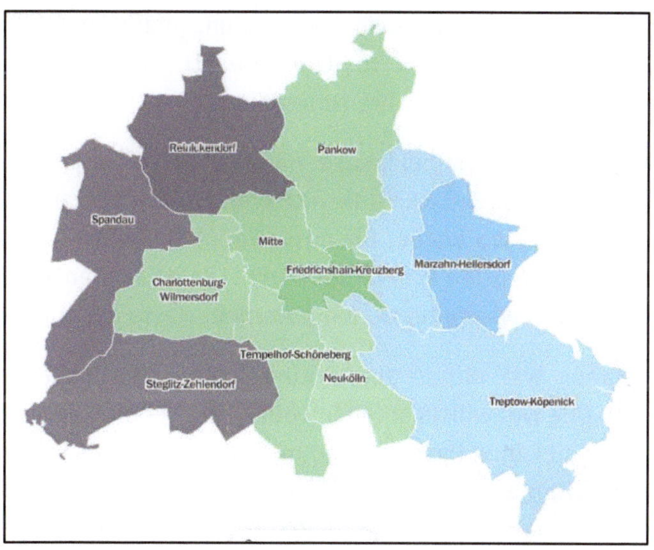

„Nu wär´mal nich politisch, Manni. Klar, det dia det uffreecht, icke ma ooch. Weeste wat, icke mach mia mal ne´ Schabernack und flüsta meenen Vorturner vonne Schreibstube een: Ist bei dieser Wahlkonstellation ein kultureller Umgang noch möglich? Wie sieht ihr das? Verankert das an eure Erfahrungen.“

„Also, Kalle von *verankern* halt´ icke jarnüscht. Isne Modewort. Een Schiff oda Boot mach uff Reede fest mitten Anker, de Maga-Ships mitte zwee. Wenn se´ sich verankern, dann kommse´ nich mehr los. Sach nu, un wer will dette schon. Aba lass uns mal üba det andere eene Kopp machen. Un zua Schmierung erst mal ne´ Moll un ne´ Korn, jerne een Jroßet un vonne Spirituose det Doppelte. Denne lejen wa los.“

„Ja, Manni, kannste dia noch ainneran an de schnieke Ausfluch anne Havel. Die fließt ja bekanntlich durch de Westen vonne Stadt un haste de ville Sejelboote un Motorjachten jesehn´, die jehören bestimmt de Wohlstandsbürja so mitta großen Wohnung oda Villa jarnich so weit weg. Kulturmäßig jibt dette bee denen nüscht zu meckan, habn´ allet, vonne Klavier bis zum Opan-Abo. Bildungsmäßig warnse´ alle uffen Steglitzer Jymnasium oda so. Un anne FU haben Majista od Dokta jemacht. Un dette allet in ihre Nobel-Kieze.“

„Haste jetzte ne´ Sozialneid, Kalle. Hätteste ditte allet jerne? Sin die inna Schreibstube ooch so? Icke fraje nich weita un komme zua jrünen Mitte. Du weest doch, wo wa det Bia ausse Seppl-Becha jesüffelt habn´, inne Prater Biajarden uffen Prenzlauer Berch. Du, da saaßen wa nicht nua im Jrünen, da wan wa vonne Jrünen umzinjelt. Haste dia mal umjehört?“

„Au, Manni, wat die so abjesondert habn´. Icke vastand imma nua Bahnhof, oda wat willste anfangen mit Kultur schafft Wohlstand. Ick hab mal nachjekiek inne Parteiprojramm vonne Jrünen, da steht wat üba de Wertschöpfung vonne Kultur und det man dette mit Jeld untastützen müsse. Wer dette jesacht hat, hatte sowat bestimmt nötig. Uff Kultur machen, inne anjesachte Wohnung hausen, aba keene Kohle.“

„Ach Kalle, du denkst imman nua anne Penunsen. Denk´ doch mal leitjedankenmäßich, bessa noch staatsmännich: Grüne Politik ist ökologische, ökonomische und soziale Nachhaltigkeit. So hab icke de Leute ringsum vastanden.“

„Meenste, det warn paar Politika dabee. Da fällt ma een, usa Autor wollte ooch mal inne Politik, hat jerade ausjelernt und wa inne SPD, da hatta mal for ne´ Bezirksverordnetenversammlung kandidieren wollen. Hatta aba nich, wa spät jeworden unna wa zu müde. Aba seene Verflossene hat Karriere jemacht, wurde als Mitglied des Berliner

Abgeordnetenhauses jewählt un war im Präsidium. Da durft se´ uff de Uhr kieken un wenn eener zu lange quatschte, hattse´ jebimmelt.“

„Wat du allet von unsan Autor weest, Kalle. – Nu komm wa mal zu de Altanativen im Osten, damit meene icke nich de, de alternativ leben, sondern die von Deutschland. Is ne´ undankbares Volk, im Sozialismus bekamen se neue Wohnung, wenn och Platte, denne de Internationale Bundendesgardeschau mitte Gärten der Welt und manchmal ooch Arbeet, sonst Stütze. Aba det Schlimmste is wohl de Zuwanderung, det jab mal ne´ Zeet in Deutschland, da sachte mal Verfremdung. Jottseidank is ditte vorbee, oda bee denen ooch nich?“

Besuchermagnet in Berlin-Marzahn: Die Gärten der Welt

„Manni, hör janz schnell uff, wia wollten doch üba Kultur reden. Haste da wat for mia?“

„Ja, Kalle, hab ick. Im Deutschlandfunk haben jesacht darüba, det de AfD die Ideologie des Multikulturalismus ablehnt, und dass es für sie die Aufgabe ist, eine Leitkultur zu schützen, die sich aus dem Christentum, der wissenschaftlich-humanistischer Tradition und dem römischen Recht ableitet. Icke sach´nua, jute Nacht Deutschland!“

„Da stimm ick dia voll un janz zu, Manni. Ach - kannste dia ainnern anne olle Ernst Reuter, alsa jesacht hat Schaut auf diese Stadt, da jing es ooch um Berlin, doch janz anders un janz voll un allet rot, im Ostteil dunkelrot. Aba wenn ick mia dette heute so ankieke, ick meene kulturmäßich, da schau ick ooch uff de Stadt fang ick zu flennen un denk...“

„Na wat denn, Kalle?“

„Ach nüscht.“

Der nächste Gegner ist immer der schwerste

Diese Fußballweisheit stammt vom ersten Bundestrainer Sepp Herberger, der der Fußballnachwelt noch weitere hinterlassen hat. Wir alle kennen „Der Ball ist rund und das Spiel dauert 90 Minuten" oder „Nach dem Spiel ist vor dem Spiel". Fußballfremde halten diese Sprüche für Kalauer, andere, vielleicht sogar echte Fans, können damit umgehen. Kalle und Manni gehören zu letzteren und interpretieren Herbergers Zitate für die gerade laufende Fußball-Europameisterschaft. Schließlich ist die deutsche Mannschaft nicht ohne Mühe Gruppensieger geworden und steht im Achtelfinale. Kalle und Manni haben alle Spiele gesehen und tauschen sich nun, da sie ohnehin Fußballexperten sind, über das Fußballgeschehen aus. Sie trafen sich bei Loretta in ihrem Garten am Wannsee, denn in ihrer Stammkneipe gab es nur Schwarz-Rot-Gold zu sehen und das fußballverdrossene Publikum passte ihnen gar nicht. In Lorettas großer, bewaldeter Außengastronomie im Garten ließ es sich gut sitzen und das Bier vom Fass konnte man sich jederzeit am Tresen holen.

"Is doch schön hia, Manni, so im Schatten unta de Bäume, un wenn de richtich hinkiekst, siehste de Dampfa uffne' Wannsee. Det Bia is fisch jezappt und zu Happern jibt det ooch jede Menge."

„Ja, Kalle, weeste noch, als de Lokalität noch uffa Lietzenburger in Wilmersdorf war, inna jroße Baulücke, mitten jroßet Riesenrad vor de Kleenen. aba sonst allet so wie hia. Nua uffen Wannsse haste nicht eujeln können, eher uff den Verkehr vonne Umjehungstraße. War aba imma wat los bei Loretta im Garten, da."

„Ach, Manni, dette war früa, komm wa leiba zu heute un zua Fußballmeistaschaft. Haste denne alle Spiele vonne deutschen Mannschaft jeglotzt? Det erste Spiel hab icke zuhause in HD anjekiekt, hab ja soone große Ommel vonne Flachbildschirm, un' da kriech icke wundabare Bilda. Mann, Manni, wat haben' de Schotten for Kloppe bekommen un de Eejendtor von Antonio Rüdiger, eenfach charming for

Scotland, würden de Schotties sajen. Da haben´ de deutschen Spiela mal uff wild jemacht, is ma ja sonst nich jewohnt."

„Da will icke dia mal recht jeben, Kalle, je weniger Gruffties der Trainer uffloofen lässte, desto bessea klappt dette. Ick hab ma ooch det Spiel zu Hause anjesehn, De Anjetraute hab ick ausjesperrt, die sondert beem Match so unqualifiziertet Zeuch ab, ditte ma de Birne platzt. Un det mitte Antonio Rüdiger hat ma jefreut, dat hatte wat vonne Kultur in mitten vonne Unkultur. Übrigens, Kalle, du Möchtegerne-Literat, haste mal Toni Kröger vonne olle Thomas Mann jelesen? Musste ooch nicht, mia fällt dette nua so ein, weil de Namen so ählich klingen, nich aba de Fijuren."

„Nach dem Spiel ist vor dem Spiel, wie de olle Herberger imma sachte. Weeste doch, Manni, wo haste dia denne det zweete Spiel anjekiekt, dette jejen Unjarn? Icke bin mal aussa Bude zum Public Viewing, so enn bisschen Fan-Kultur schnuppan."

„Au, Kalle, ick wa ooch unta de Menschen, wenn ma de Fans noch als solche bezeichnen will, in unsa Stammkneipe. Wollte janich hin, aba de Bia zischt icke da so jerne. Naja, wat hat de Kommentator nachher jesacht: Deutschland hat auch das zweite EM-Vorrundenspiel souverän mit 2:0 jewonnen und ist schon vor dem letzten Gruppenspiel sicher für das Achtelfinale qualifiziert. Nicht nu de deutsche Mannschaft hat sich jefreut, icke ma ooch".

„Icke hab ma det Spiel bee de Gemeede anjesehn, die hatten ooch soeen Public Viewing uffjebaut, ea een bessera Beamer, keene jute Qualität zum Kieken, ab ne jute Stimmung. Un Verpflejung jabs' ooch, Bia aussen Fass und Bratwurscht vonne Grill, allet zu Vorkriegspreisen. Un mia haben' se ne'Sitzplatz anjeboten, wat icke dankend annahm. Nue det Schlimme kam von hinta mia. Da habn´ sich zwee junge Frauen üba den Fußball im Alljemeenen un ooch im Besonderen ausjelassen. Bee denen nützt ooch keen Kurs inne Fußballregeln, wenn de Schiri een Ecke jibt oda wennna Abseits jepfiffen hat, dette begreifen die im Leben. nich. Da nützt nua noch Der Ball ist rund und das Spiel dauert 90 Minuten, Sepp Herberger hab ihn seelich".

"Kenn ick, Kalle, von nüscht ne' Ahnung, aba ne' Meenung. Musste nüscht uff det Jelaba jeben. Wie haste denne Trikot vonne deutsche Mannschaft jefunden, dunkelping würde icke sajen, endlich mal wat anderes als det doowe Schwarz-Weeß. Dette hatten de Ungarn an und ick dachte, dette waar de Deutschen. Hab ma sich schon gewundert, warum die so grottenschlecht spielen."

„Un Manni, wie fandste denn det Spiel gegen de Schweiz. Icke hab mia det wieda zuhause anjekiekt. Ick sach dia, de wahre Horror. Erst freuste dia, dass Musiala de Ball ins Tor bugzierte, denne jibt der Schiri keen Tor, weila jefoult hatte. Denn det Tor voone Schweiz un dett blieb ooch so bis fast zum Schluss. Kurz vor Ende der Fahnenstange, ick meene inna Nachspielzeit, köppt der Füllkrug de Ball zum Ausjleech. Da jings' ma wia jut, un für de jute Leistung hab ick mia ne'Bia jenehmich".

„Ja, Kalle, icke hab ooch jelitten wie Jesus am Kreuze. Hatte aba jedacht, weita sin se' ja schon. Also Gruppensieja, dette baut wieda uff, ooch de Fans uff de Meile. Aba wie sachte doch der Jupp: Der nächste Gegner ist immer der schwerste. Warten wia mal de Erjebnisse vom Diensttag ab, denne wissen wia wer der schwerste is."

Am Mittwoch ruft Kalle den Manni an: „Icke bins, Kalle, du Manni, jetze isset raus, de deutsche Mannschaft spielt am Sonnabend gegen de Dänen, hätt ooch de anderen aus de Gruppe C sin können. Nua, weil de blöde Co-Trainer vonne Slowenen ne' Karte vors Meckan jekricht hatte, sinse' Zweeter jeworden. Wat sachste dazu?"

„Hallo, Kalle, jut, dasste ma druff ansprichst. Ob ditte nu wirklich Fair-Play is, da hab icke meene Zweifel. Aba de Dänen warn mal Europameester, dette war 1992. Da habn´ alle doof aussa Wäsche jekieckt. Aba - wat hältst du davon, wenn wa uns det Spiel jemeensam een Oje druffwerfen?"

Und tatsächlich, am Sonnabend vor dem Spiel Deutschland gegen Dänemark kam Manni wie verabredet zu Kalle und brachte eine ganze Kiste Stubbis von Schultheiß mit. Schließlich brauchten sie etwas zum Feiern oder zum Trösten, je nachdem, wie das Spiel ausgehen würde.

„Prima Manni, dasste jekommen bist, un haste dia ja mitte Biakasten abjeschleppt. Komm rinn inde jute Stube un setz dia vor de Glotze. Ick hol' noch wat zu Knappern. - Oh, Deutschland einigich Fataland habn' schon jejodelt. Jetzte jehts los!“

„Haste wat vapasst, Kalle, du mi deene Knappazeuch. De Nico Schlotterbeck hat ne' Tor jeschossen, wurde durch VAR aba abakannt, weil de Kimmich ne' Abwehspiela jefoult hat. Ditte wär' schon de halbe Miete for de Viertelfinale."

"Manni, seh' ick in de Wiedaholung. Aba dette mitte Video Assistant Referee jeht ma uffen Sack, jeda kleenste Furz wird dokumentieat. - Au, kiek' mal, jetze haben de Dänen een Tor jeschossen, un ooch wieda abakannt. Dette kann ja heita werden.“

"Apropos heita, Kalle, jetze untabrechen se' det Spiel, det jießt wie aus Kannen un de Schieri will nich vonne Blitz jetroffen werden. Komm mal mitte Bias un mitte Paprikachips her. - So jetzt jejehts wieda weita. Mensch Kalle, es jebt ne'Strafdoss for Deutschland! Da hat ne' Däne een kleen bisschen de Hand ins Spiel jehabt. Aba gleich een Strafstoß jeben, isnen kleenet Stück zu ville.“

„Wa aba ordnetlich drinne im Kasten, Deutschland führt. - Ooh, Manni, mach deene Ojen uff, haste de langen Ball jesehn un Jamal Musiala haut den jezielt vorbee anne dänische Torsteha. Zwei zu null.“

„Kalle, oh een Wunda, de deutsche Mannschaft is weita. Aba haste jesehn' der Nagelsmann hat ne' Jelbe Karte gekriegt, wela de Schiri anjemeckert hat, krichta noch eene, issa weg beem Vietelfinale."

„Ja, Manni, un denne komme icke zu dia un wia sehn uns det nächste Spiel mit Computa-Schiri an."

Am Freitag um Dreiviertelsechs kommt Kalle zu Manni, um gemeinsam das Achtelfinalspiel Deutschland gegen Spanien anzuschauen. Manni hat alles fußballgerecht für ein spannendes Spiel vorbereitet, gut gekühlte Stubbies, diesmal von Engelhardt, und Knacker in Hülle und Fülle. Sie verfolgen das Spiel, es geht hin und her, eher wie bei einem Gruppenspiel. Nach der Halbzeitpause wird das Spiel lebhafter.

"Au, Manni, hast jesehn, die Deutschen haben' eens rinnjekricht, Pass von Yamal inne Mitte un de Dani Olmi schob de Ball inne linke Ecke, keen Deutscha dazwischen."

"Kenn icke nich andass vonne deutsche Mannschaft, müssen erst een rinnkriejen, dann wernse' munta'. Pass uff, wia wern so lange bibbern, bis de Spania eenen ins Netz kriejen."

„Juchuuh, Manni, der Wirtz hat enn Köpper vonne Kimmich innen anne Pfosten ins Tor jeschossen. Dette wurde aba ooch Zeet, war uuffne' letzte Drücka. Jetzt kommt die Verlängerung."

„Mennsch Kalle, is ditte een varücktet Spiel, det halten meene Nerven nich aus! - Ooh, haste jesehn, da hat ne' Spania de Hand im Spiel, ick meene die Hand am Ball un de Schiri pfeift keen 11-Meta. Protest!"

„Mach dia nich ins Hemd, Manni, de Schiri hat beem Abseits vonne Füllkrug ooch nich so jenau hinjekiekt. Icke freu ma schon uffs Elfmeterschießen, noch een Minute, denn isse Nachspielzeite vorbee. - Icke fass dette nicht, Manni Mensch, de Deutschen habn' noch een rinnjekricht. Mikel Merino hat nach ne Flanke von Olmo rinnjeköppt un Neuer hat hinta sich jegriffen."

„Ooch wieda inne letzte Minute, nua diesmal warns de Anderen. Ach - is ditte schade und ick hab von een Finale mitte Deutschen jeträumt. Ja, Manni, so isset Leben. Der Ball is rund un de Spiel dauart 90 Minuten, manchmal ooch een bisschen länga. Von Valängerung hat der Herberger nüscht jesagt. Ick erjänze mal: Det Spiel daua neunzich Minuten manchmal ooch länga."

„Ick hau dia gleech eene, Kalle. Wie kannste kalauern, de deutsche Mannschaft hat wie de Löwen jekämpft, det wissen selbst de Fans, nua du nich."

Loretta im Garten am Wannsee

Des Barons Gastfreundschaft: zweites Kapitel von Fontanes letztem Roman *Der Stechlin*

"Is doch ne' jute Idee von unsan Autor, allsa jesacht hat, ihr beede könnt ein bisschen mehr Kultur vatrajen, fahrt doch mal nach Neuruppin und kieckt euch de Fontane-Ausstellung an. Wo Fontane200 druffsteht, jehta rinn."

"Ja, Kalle, jetze haben' wa das Museum jefunden, nachdem wa beede anne Löwenapotheke warn'. Un icke wees mehr vonne Dichta, da issa vor zweehundart Jahren jeboren wurde un seen Erzeuja die Apotheke später verkloppen müssen, warne' Spiela. Aba jut, dasste' ma mitjenommen hast, wieda ne Wissenslücke jeschlossen."

"Wenne noch mehr Wissenslücken schließen willst, un ick seh' da noch ziemlich ville, Manni, denn kieckt wat uff de Rückseite vonne Eintrittskarte steht: Die Ausstellung soll die Besucher in Schreib- und Textwelten entführen: Woher hatte er seine Ideen? Wie hat er seine Figuren erfunden? Warum tauchen manche Dinge in seinen Romanen immer wieder auf, andere werden verschwiegen? Wie entsteht der „Realismus-Effekt" und wie der besondere Fontane-Sound? Woran erkennen wir Kunst? Und: Was begeistert uns an Literatur?

"Au, Kalle, ick jeh' weida, det is nüscht vor uns, dette is vors Bildungsbürgatum jeschrieben. Haste denn vastanden, wat se' uns antun wollen?"

"Jemach, Manni, wia kieken uns mal een bisschen rum, un wenn wa eene Fraje habn - sieh mal de junge Dame da, wie aussen Ei jepellen, is bestimmt ne' Studierte - un die frajen wa eenfach."

„Wenn die Herren Fragen haben, kommen Sie zu mir, ich habe mich in meiner Dissertation ausgiebig mit dem Dichter und seiner Literatur beschäftigt. Ausgewählte Texte aus Fontanes Romanen können Sie im

Obergeschoss nachlesen." „Machen wa, Frau Dokta. Jehn wia mal üba de Treppe hoch."

Als sie auf dem Treppenabsatz waren, sprach sie ein altmodisch gekleideter älterer Mann an: „Meine Herren, Herr von Stechlin schickt mich, darf ich Ihnen ein Billett für den heutigen Abend aushändigen. Der Herr Baron lädt immer mal wieder Besucher der Ausstellung ein. Der Erfahrungsaustausch ist ihm wichtig."

„Un heute sin wia dran? Kalle kieckt mal wat da uff de Zettel steht: Gerne lade ich Sie zu einem Souper am heutigen Abend mit anschließenden kulturellem Austausch ein. Garderobe erwünscht. Die Einladung gilt ab 6 Uhr, u.A.w.g.   Schloss Stechlin, Dubslav von Stechlin, Major der Kavallerie a. D. "

„Manni, wat meenste, is dette wat vor uns? So beem Adlichen, üba Kultur faseln un ooch noch schnieke?"

„Uff de ande Seete, Kalle, villeleich jibt det wat Anständijes zu futtern. Un vonne Kultur haste ja wat mitbekommen, hoffe icke. – Ja, Herr … Engelke… wia nehmen an. Karl Lehmann und Manfred Seidler. Unsere Empfehlung an den Herrn Baron."

„Au, Manni, da habn´ uns uff wat einjelassen. Ick hab keenen Schimmer wer dette is, wo det Schloss liecht, wie wa da hinkommen un wie schnieke ma sin muss."

„Keene Ahnung, Manni frajen! Nee, bessa, wia frajen bee de junge Frau Dokta nach."

Aus der Sammlung Theodor Fontane - Archiv

Die Museumsmitarbeiterin Dr. Gesine Schneider, so stand es auf ihrem Namensschild, an die sich die beiden nun mit ihren Fragen wandten, freute sich über das Interesse, es war ohnehin nicht viel los, und half ihnen auf die Sprünge: „Ach ja, das ist ganz reizend von unserem Baron. Der ist uns erhalten geblieben, unsterblich durch von Fontanes Roman. Den haben Sie sicher nicht gelesen, ich erzähle Ihnen das Wichtigste daraus, dann verstehen Sie das Ganze und können sich darauf einstellen. Wie kommen Sie heute Abend dorthin? Sie buchen bei uns eine Rundfahrt durch das Ruppiner Land und steigen im Dorf Stechlin aus. Dort kann man in einem Gasthof übernachten und der Bus holt einen gegen Mittag wieder ab. Die Rundfahrt findet zweimal täglich statt. An der Garderobe empfehle ich ein weißes Hemd zum Sakko, die Krawatte ist nicht mehr en vogue. Lederschuhe passen, Sneakers oder Turnschuhe würden den alten Herrn von Stechlin nur irritieren."

"Habnse' villen Dank, Frau Dokta, jetze sin wa im Bilde. Wia koofen det Ticket und da astehen zwei weiße Hemden, auffa Hauptstaße hab ick Jeschäft davor jesehn'. Un denn klingeln wa bei de Jasthof an und reservieren een Zimma."

***

Kalle und Manni haben im Dorfgasthof Quartier bezogen und gehen jetzt, kurz vor 6 Uhr, über die Bohlenbrücke, die über den alten Burggraben zur Burg führt. Sie sind enttäuscht, das Schloss entpuppt sich als ein ziemlich heruntergekommenes, gelb gestrichenes Herrenhaus mit Corps de Logis und Seitenflügeln, alles aus der Zeit des Soldatenkönigs. Sie gehen die Rampe zum Eingang hinauf und klingeln.

„Ah, die Herren vom Museum, guten Abend Herr Lehmann, guten Abend Herr Seidler. Herr von Stechlin wird Sie gleich empfangen, treten Sie ein": Vor ihnen stand der ältere Herr, den sie schon aus dem Museum kannte, in seiner Livree. So einen Aufzug hatten sie bisher nur im Theater gesehen.

Etwas verlegen überreichte Manni das Gastgeschenk, eine Flasche Cognac. Engelke nahm sie diskret entgegen und stellte sie auf die kleine Anrichte. Nun, unsere beiden machten keine schlechte Figur in den weißen Hemden mit gestärktem Kragen, bei denen oben ein Knopf offenblieb. Ganz im Gegensatz zum Abendanzug mit Querbinder des Barons, der sie begrüßte: „Ah, Engelke, du bringst mir die Herren vom Museum, wie schön, dass Sie kommen konnten, Dubslav von Stechlin, herzlich willkommen".

„Freut mich sehr, Herr Baron, Karl Lehman, und das ist Manfred Seidler, auch aus Berlin".

„Oh, da kommt mein Sohn Woldemar mit zwei Regimentskameraden auch gerade her, ist bei den Gardekürassieren du Corps. Is vor kurzem zum Rittmeister befördert worden, bin ganz stolz auf ihn. Aber nennen Sie mich nicht mehr Baron, Herr Major genügt."

Herr von Stechlin stellt Kalle und Manni den Anwesenden vor: „Meine Damen und Herren, das sind die Herren vom Museum, bitte verstehen Sie mich nicht falsch. Wie Sie wissen, lade ich gelegentlich Besucher ein, die es anlässlich des Geburtstages unseres lieben Heimatdichters Theodor Fontane nach Neuruppin verschlagen hat. Sie führen uns aus meiner Sicht in die Zukunft und nicht wie sonst üblich in die Vergangenheit. - Ich darf nun vorstellen: Pastor Lorensen, Oberförster Katzler nebst Gattin, Herrn und Frau von Gundermanns, meinen Sohn Woldemar, die Premierleutnants von Czako und von Rex."

Die Zivilisten nickten, die Militärs erhoben sich und salutierten. Herr von Stechlin setzte sich an den Kopf des Tisches, Kalle und Manni nahmen auf den für sie reservierten Stühlen Platz. Die Mamsell und Engelke begannen zu servieren: Es gab nacheinander Rebhuhnconsommé, ein Fischgericht aus dem See, Rebhühner mit Teltower Rübchen (der Oberförster hatte welche geschossen), und für die, die das nicht mochten, wie Kalle und Manni, gab es Schmorgurken mit Sahnesause und Kalbfleisch im Tontopf. Als Nachtisch hatte die Mamsell Griesflammerie mit Eisschnee und Kompottkirschen gezaubert. Dazu hatte Engelke einige Flaschen Wein aus dem Keller geholt und auch den Madeira nicht vergessen, der im Salon serviert wurde.

Herr von Gundermann, kürzlich zum Unternehmer geadelt, wandte sich an Kalle: „Herr Lehmann, ich habe gehört, Sie sind Industriemeister bei Siemens und Halske, was machen Sie da?"

„Wir bauen Maschinen nach dem elektrodynamischen Prinzip zusammen, also Generatoren und Antriebe. Das ist viel einfacher als die Dampfmaschinen oder die neuen Gaskolbenmaschinen, man braucht nur Strom."

„Ja, das ist die neue Zeit, damit könnten meine Mühlen unabhängig von Wind und Wasserkraft laufen. Aber hier auf dem Lande wird sich mit der Elektrizität erst einmal nicht viel tun, schade."

„Herr von Gundermann, stecken Sie den Kopf nicht in den Sand, ich schicke Ihnen einen Prospekt von einem Stromgenerator, ein paar Drähte und Sie haben elektrisches Licht, alles von Siemens und Halske."

„Danke, das nehme ich gerne. Hmm, meine Frau hat noch eine Frage wegen ihrer blauen Hose. Konnte sie sich nicht von der Arbeit umziehen oder tragen Sie das jeden Tag?"

„Gnädige Frau, bei uns gibt es viel mehr Freizeit und weniger Standesunterschiede. Jeder trägt Jeans, vielleicht nicht zu den ganz großen Anlässen. Das sind eigentlich Arbeitshosen aus Amerika, aus dem Baumwollstoff Denim, mit Indigo gefärbt. Einfach praktisch."

Während sich Kalle und die Gundermanns über die zukünftige Herrenbekleidung austauschen, hat Pastor Lorensen Manni auf dem Kieker: "Sagen Sie mal, Herr Seidler, wie ist das mit der Gasbeleuchtung in den Straßen voran? Sie haben mir erzählt, dass Sie Schichtleiter bei der Gasanstalt sind."

„Ach, Herr Pastor, die jibbs bald nicht mehr, kommen alles aus Röhren, von janz weit weg. Aba hier können Se´sowat noch jebrauchen. Ick renn ma nachher bestimmt de Kopp ein.“

„„Na, das hoffe ich für Sie nicht. Als ich in Neuruppin beim Superintendenten war, da hatten se' die Hauptstraße mit Gaslaternen beleuchtet. So bin ich unbeschadet in mein Quartier gekommen.“

„Na, unterhalten sich die Herren gut?“, der Hausherr war an sie herangetreten, „ich würde mich gerne mit Ihnen austauschen. Schließlich möchte ich auch etwas von meinen Gästen aus einer anderen Zeit haben. Sie haben viel über neue technische Dinge in der Hauptstadt berichtet, aber wie erleben Sie Berlin? Mein Sohn hat mir von einer aufstrebenden Metropole erzählt, in der er sicher sein Glück machen wird.“

„Ach, Herr Major, es lebt sich jut da, nich Kalle. Wir gehen unserer Arbeit nach und leben in einem Wohlstand, den sich die Menschen hier kaum vorstellen können. Ihr gutes Abendessen ist für jeden erschwinglich, nur viele Leute bevorzugen Fastfood, ungesundes Zeug, das in Schnellrestaurants oder an Imbissbuden verzehrt wird.“

„Und überall erhältlich, doch nur für die Armen, oder auch für die gehobenen Schichten. Was sagen Sie dazu, Herr Lehmann.“

„Nun, Herr von Stechlin, eigentlich für jedermann. Ob Adel oder nicht, ob Politiker oder Bürger, alle essen Hamburger, Döner oder Currywurst, und das multikulturell.“

„Oh, ich kenne diese Gerichte nicht, aber sie klingen ungesund. - Ach, Engelke, ich sehe gerade, dass auf dem Sims im Vorraum eine Flasche Cognac steht. Bring sie her und bring Gläser.“

Während der Diener die Flasche öffnet, die Gläser holt, alles auf ein Tablett stellt und serviert, denken Kalle und Manni nach. Sie schauen sich leicht nickend an. Sie werden sich keinem Fall auf einem Vergleich der Zustände im kaiserzeitlichen Berlin und in der neuen Hauptstadt einlassen, obwohl alles schon einmal da war. Zum Beispiel die Wohnungsnot durch den Zuzug der Landbevölkerung damals, heute durch den Zustrom von Asylbewerbern.

„Meine Herren, trinken wir auf uns und unsere Autoren, obwohl ich ihren nicht kenne."

„Nein, Herr Major, das können Sie auch nicht, denn er lebt nicht in Ihrer Zeit. Aber er wird sich freuen, wenn wir ihm von Ihnen erzählen."

So ging der Abend in einer gewissen Heiterkeit weiter, die durch den Genuss des französischen Cognacs gefördert wurde, zu dem der Baron eine weitere Anekdote für angebracht hielt.

„Meine Herren von morgen, Preußen hat mit einigen deutschen Staaten gegen die Franzosen gesiegt, den Sieg von Sedan feiern wir jedes Jahr. Seitdem zählt das Französische nicht mehr viel, manche halten Frankreich für den Erbfeind des Reiches. Völliger Unsinn, aber gut. In dieser Verirrung wurden Mörder nicht mehr mit dem Fallbeil gerichtet, sondern mit der Hand. Dazu wurde das Richtbeil aus dem Märkischen Museum geholt, geschärft und eingesetzt. Die Krippen zum Rädern hat man dort gelassen, vor 50 Jahren waren sie noch in Gebrauch, jetzt haben sie Staub angesetzt. Gruselig, nicht wahr, meine Herren? Preußens Weg aus dem Mittelalter in die Neuzeit ist kurz."

„Äh, Herr von Stechlin, ich seh noch die Fackeln in det alten Jemäuer, wat hier mal stand, jetzt sind es die Kandelaber mit den Kerzen und irgendwann wird es hier elektrisches Licht geben. Unsere Autoren in Berlin profitieren schon davon, in der Wohnung von Herrn Fontane in der Potsdamer Straße brennt schon die Glühbirne, unser Autor erhellt eine andere Glühbirne und nicht nur das... - So, jetzt heißt es Abschied nehmen, wir danken Ihnen für die Gastfreundschaft, Herr Baron, jetzt wissen wir, wie sich Literatur anfühlt, wenn man sie erlebt. Vielen Dank.

„Lieber Kalle Lehmann, lieber Manni Seidler, wenn ich Sie so nennen darf. Ich danke Ihnen und glauben Sie nicht, dass das alte Preußen nicht in allem so rückständig war. Denken Sie an meinen Autor".

Cover aus dem Internet Archiv

Die Aufgabe

Im Schreibcafé bekommt Kalle wie die anderen eine Hausaufgabe: Sucht euch einen Dramatiker/eine Dramatikerin eures Vertrauens und sein/ihr Werk aus. Studiert vor allem den ersten Akt des Werkes und versucht, einen zweiten Akt zu schreiben. Übernehmt Figuren oder erfindet neue. Ändert die Handlung oder setzt sie fort. Verändert den Schauplatz oder bleibt an ihm. Wie es euch gefällt. Ihr könnt auch den ersten Akt so weiterschreiben, wie ihr wollt, und ihn erst später enden lassen.

Die Auswahl

In der Oper „Aufstieg und Fall der Stadt Mahagony" von Bertolt Brecht und Kurt Weill geht es um das Experiment, eine Stadt im Nirgendwo zu errichten, die dann durch die Widrigkeiten der Geldherrschaft in den Abgrund gestürzt wird. Es gibt nur eine Todsünde in diesem Mahagoni: Zahlungsunfähigkeit.

Inhalt des ersten Aktes, erste Szene

Hinter den 3 Ganoven Leokaja. Fatty und Dreineinigkeitsmoses die Polizei, die sie wegen Kuppelei und betrügerischen Bankrotts sucht. Sie sind mit einem alten Auto auf der Flucht und bleiben in einer abgelegenen Gegend liegen. Was tun? Umkehren können sie nicht, und zum Goldfund am Fluss wollen sie auch nicht, denn dort müssten sie arbeiten. Sie beraten sich und kommen zu dem Schluss, eine Stadt zu gründen, die die Bedürfnisse der Goldgräber nach Frauen und Alkohol befriedigt. Nur eines ist bei Todesstrafe verboten: kein Geld zu haben.

In der 2. Szene erscheinen die Prostituierten, unter ihnen Jenny. Sie singen den Alabama-Song. Dieser endet mit ...And must have Dollars, Oh, you know why.

Die Intention

Die Intention des Stückes ist es, den Spätkapitalismus anzuprangern, der sich in Form der sozialen Marktwirtschaft überholt zu haben scheint. Heute steht das Soziale im Vordergrund und es gibt wieder Profiteure. So entsteht mein Stück in einer Parallele zum Stück von Brecht und Weil.

Aufstieg und Fall der Stadt Soziable

Straßenbahnhaltestelle, Kalle und Manni sind beim Schwarzfahren erwischt worden.

Kontrolleur

„Sie haben ohne Fahrausweise die Straßenbahn benutzt. Das nennt man Schwarzfahren. Können Sie sich ausweisen?"

Kalle

‚Nöö, wenn wa uff Sauftour sin, haben´wa keene Papiere dabee. Nich Manni?"

Manni

„Ja, Meester, haben´wa nich und bee de paar Stationen lohn es sich nich, davor zu blechen."

Kontrolleur

„Das sehen wir von der BVG anders und alle anderen auch. Also, was ist mit ihren Namen und Adressen? Sonst lasse ich diese über die Polizei ermitteln."

Manni

„Aba, aba, kiecken Sie sich mal um, da isse schon."

Der Kontrolleur schaut sich um, Kalle und Manni machen sich aus dem Staub.

Kalle

„Dett wa aba grade rechzeitich.   Ick will nich schon wieda ne´ Zahlungsaufforderung kriejen. Hab´schon ne´paar davon.“

Manni

„Icke hab Stücker zwölf. Dett wird ma zuville. Det Sozialamt hat ma am Schlafittchen, weil ick Wohnjeld jekricht habe, wat mir janich zusteht.“

Kalle

„Ja, Manni, is schon en Kreuz mitte Behörden. Meen Finanzamt sacht, ick hätte Steuer hinterzojen, weil ick andere jeholfen habe vor ne´bisschen Kohle. Sinnse´ dahinter jekommen.“

Manni

„Ach, det iss schon ne´ Grauss mitte Sozialstaat. Aba haste nich jelesen, da jibbt es ne´ Kommune, da kriegste alles for nothing. Haste nich Lust, mit mia dahin zu jehen?“

Kalle

„Hab ick ooch jehört, is de Stadt Soziable, da kriechte ne´ Sozialwohnung und ne´Bezahlkarte, un wenn uff die nüscht mehr druff is, gehst hin un lässt se´ uffladen. Nua arbeeten darfste nich, denn wirst de zum Strafftäter un wenn de uff Kultur machen willst, kriegste noch mehr uffjebrummt.“

Manni

„Na, ditte mitte de Arbeet, det fällt dia bestimmt nich schwea, mia ürgijends ooch nich. Aba willst denn deeene Schreibstube Adé sajen?“

Kalle

„Darüba hab ick mia ooch de Kopp jemacht. Usa Autor hat ja ne´ Spleen for´s Ausländische, meent imma, ditte sei authentischer. Na ja, un weila noch so nuschelt dabee, vastehen de andere nua die Hälfte oder och janüscht, ja und wenn wa miteenander quatschen, haben´se ooch Probleme. Möchten dette allet schriftlich zum Mitlesen. Aba obse´ det denn kapieren, wat wa so absondern, da waje icke keene Prognose.“

Manni

„Los komm, da jeh´wa hin un lassen uns sozial pampern. Ick hab jehört, de Mädels sin schon da un singen det olle Lied vom Mond von Alabama.“

Kalle zögert, die Sache kommt ihm paradox vor.

"Du Manni, mia komm da soen' komischa Jedanke. Wenn Arbeet vaboten is, aba Arbeet jetan werden muss, damit die anderen nich arbeeten können, is det strafbar?“

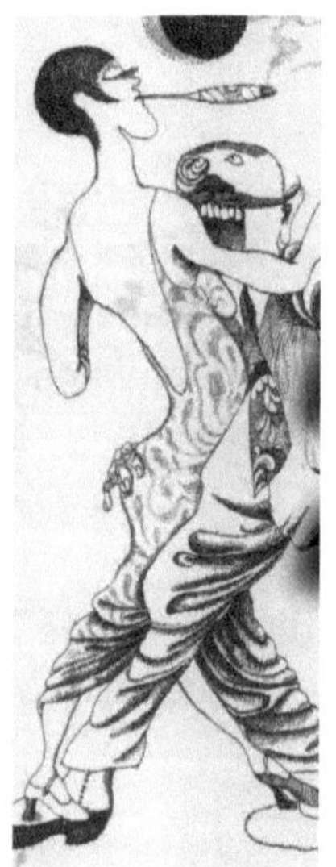

Ausschnitt CD-Cover Weill-Mahagony Songspiel

Altersgerechtes Fremdgehen

„Du sollst nicht begehren…" Was ich nicht begehren soll, steht im neunten und zehnten Gebot. Theologisch nicht ganz sicher, ob damit die Frau oder das Haus des Nächsten gemeint ist oder umgekehrt. Nun, die Sünde steckt tief in uns, und aus dem *Gerecht* im Adjektiv lässt sich auch im Alter nichts Rechtes ableiten, auch nicht bei unseren schon bekannten Hauptstädtern. Unser Freund Manni benimmt sich in letzter Zeit so komisch, und das fällt Kalle auf.

„Hallo, Manni, beena biste an mia vorbee jeloffen, willste ma nich mehr kennen?"

„Ach, Kalle, du bist det, entschuldije, icke bin so in Jedanken, da pass´ ick nich so uff."

„Iss ma bee dia schon mal passiert, neulich. Da seh' ick dia mia entjejegenkommen, mitta Frau im Arm, deen Trudchen war dette nicht. Hast ma eenfach injoriert. Da dacht' ick, ick gloobe, ick spinne, der Manni kennt ma nich mehr."

„Tut mir leid, Kalle, icke war so abjelenkt. Aba mach dia mal keenen Kopp, war nua ne' alte Bekannte."

„Na, Manni, denne muss die schon als Kind jekannt haben. Aussadem hast die so ulkisch anjekieckt, so nach Frühlingserwachen. Aba im Oojenblick siehst eha belämmert aus. Willste dia nich mal dazu äußern? Du kannst doch deenen Freund Kalle nich so im Freien stehen lassen."

„Will icke ooch nich, du bist doch meen besta Freund. Kalle, mia jeht es nich gut, weil Se' weg is."

„Wer is weg? Zia dia doch nich wie de Zicke am Strick."

„De Louise, dette is die, mit der ick an dia vobee jeloofen bin. Und jetze bin ick janz aleene."

„Aleene im Herze, glob´ ick. Und de hast doch det Trudchen und ooch mia, Manni.“

„Eijentlich nua dia, Kalle, det Trudchen kieckt ma nich mehr vonne Seite an. Muss wohl wat mitjekommen habn´.“

„Seh ick dat richtich, Manni, Freundin wech und de Anjetraute will dia ooch nich mehr. Hastet ja weit jebracht!“

„Schimpf ma nich, Kalle, ick konnte nich andas. Du kannst dia doch denken, dass dat Eheleben eha flach wird. Ick meene deete aba nich wörtlich. Da tut doch mal ne kleene Abwechslung janz jut.“

„Manni, sach mal, wie biste denne zu diesa Abwechslung jekommen? Aus unserer Kneipe hast die aba nich. Da kennen se´ dia doch alle.“

„Nee, Kalle, icke habe ne´ Kontaktanzeige uffjejeben, Chiffre selbstvastädlich und nua üba meen E-Mail. Und det ooch jeklappt, hatte de Wahl.“

„Glob´ ick dia nich, aba wat hast denn jeschrieben?“

„De Anzeige hat ick ma uffjehoben. Kieckt mal wat da steht: „Suche weiblichen Single, bereit eine ersthafte Beziehung einzugehen. Gerne in der U40-KLasse. Lebe in geordneten Verhältnissen und mit gesichertem Einkommen, ich bin in der Mitte der Gesellschaft verankert, was auch meinem Alterentsprich. Mit Dir würde sich mein Lebensentwurf in Erfüllung gehen.“

„Au, Manni, wat hast du jeschrieben, icke fass deete nich. Un daruff habn´ welche jeanwortet?“

„Hast ja jesehen, die Louise sah doch janz schnieke aus, oda?

„Bisse jesehen hat, wat vorne Mitte der Jesellschaft se´ sich jeangelt hat. Ne´ Ehekrüppel mitten Durchschnittseinkommen und volle Lust uff wat anderet. Von höherem Lebensentwurf janz zu schweigen.“

„Ja, so war det, Kalle, aba jelogen hab´ ick nich, hab´ ma nua allejemeen ausjedrückt.“

Ja, nehmen wir das dem Manni ab und denken wir daran, dass Jesus im Johannesevangelium Kap. 8, Vers 1-11 zu den Leuten sagt, die eine Ehebrecherin steinigen wollen: Wer unter euch ohne Sünde ist, der werfe als erster einen Stein auf sie“. Jesus aber sprach zu der Ehebrecherin: *Auch ich verurteile dich nicht. Geh hin und sündige von nun an nicht mehr!*

Auch wir wollen Mannis altersgemäßen Seitensprung nicht verurteilen, nur ob er das Sündigen lässt, das betrifft im Johannesevangelium explizit die Frau. Und überhaupt, wer sündigt heute nicht, jeden Tag, jede Stunde. Auch Manni sündigt, nur er büßt.

Optimale Strategieplanung – Planung und Kontrolle von Instandhaltungsstrategien in Kraftwerken

Vom Fachbereich Wirtschaftswissenschaften der Technischen Universität Berlin zur Erlangung des akademischen Grades eines Doktors-Ingenieures genehmigte Dissertation, vorgelegt von Diplom-Ingenieur Hans J. Rokohl aus Wiesbaden.

„Mensch, Kalle, du bist uffna falschen Rille, wia woll´n doch üba det neue Buch vonne unsan Autor reden, und da kommste mit der ollen Kamelle, dia mal jeschrieben hat, um sich zu profilieren.“

„Ja, Manni, profiliert hatta sich sich, so umme Mitte rum. Sonst kam nich ville dabei raus. Naja, der olle Warnicke vom Fauenhoferinstitut brauchte für seene Schriftenreihe eenen Beitrag un so is nen Buch im TÜV-Rheinland Verlag draus geworden. Det hat ooch paar Talachen abjeworfen, ick meene Tantiemen, und een paar Lehraufträge vonne RWTH. Da dachta schon, dassa Professor wird. De Kurve hatta nich jekicht.“

„Und, Kalle, wat hatta denn jemacht? Ick weeß nua, dassa uffen Bau- und Familientrip war, de Kohle war ja da.“

„Ja, Manni, hatta jebaut und nochmal jebaut und seina Anjetrauten nüscht jesacht. Dann hatta im Zuge eltalicha Erziehung uff Schulkarneval gemacht, und zuletzt hatta sich hia inne Kirche engajieren lassen.“

„Hör uff, Kalle, dette interessiert doch keenen, wird eenen ja janz schlecht vor so ville Umtreebichkeit. Sach mal lieba, wia ans Schreiben jekommen ist.“

„Na, da muss icke dia nich ville azählen, kannste mal alle de hia rumsitzen frajen.“

„So, Kalle, nu tu mal Butta bee de Fische. Also, der hat ne Buch jeschieben, janz alleene un ohne nin Herhausjeba, aba een Valach. Wat ma interessieren würde is, watta sich dabee jedacht hat."

„Zuerstl det Jute, Manni, da hatta an unse und seene Heimatstadt jedacht, un wieda da jelebt hat, an watta sich ainnert, als Balin noch ne jeteilte Stadt war. Un ooch danach, aba da wara ja schon im Westen, hatta ne' jute Arbeit gehabt."

„Un wat is det Schlechte. Kalle, rück mal mitte Sprache raus."

„Hatta mia azählt. Da hatta mal wieda seenen Freund Peter anjerufen, aba keener jing ran, hat jebimmelt und jebimmelt. Dann hatta seene Bekannten anjerufen, un die wundaten sich, dassa nich wusste, det Peter dot is un sich keener umme Beerdijung kümmat."

„Det muss ja sehr traurich vor ihn gewesen sin. Aba ick fraje ma, Kalle, wer hat sich denn drum jekümmert?

„Ja, Manni, det is sozusajen un wie ick inne Schreibstube gelernt hab´ det auslösende Moment von seen Buch. Aba erst hatta seen Freund anständig unta die Erde respektive in de Urne bringen lassen."

„Un dette hatta allet uffjeschrieben?"

„Un noch ville mehr, Manni. Det Leben von seene Freund Peter und det eijene hatta dazu jemogelt, und et Janze hatta eenen Titel vapasst: Geteilt haben wir uns eine mal geteilte Stadt."

„Akademischa jing`s nich, wa. Musste erstmal übalejen, wat se´ jeteilt haben, Tisch und Bett war ditte bestimmt nicht, un jeda weeß, det dettemal Westbalin und Ostbalin jejeben hat. Denn wat hat uns Willy jesacht, es wächst zusammen, wat zusammen jehört."

„Kieck mal uff det Titelblatt, Manni, da sin viea Fotos druff. Wat sajen se´ dia?

„Kalle, ick seh´ da zwei Youngster vor ihre Schlitten posieren, denne irjendwelche Maikunjebung, Schnee uffen Berg und een Pärchen in schicken Klamotten mitte im Winta.“

„Ja, Manni, haste richtich jesehen, nua ick weeß mehr. De beeden Knaben vorde Autos sin unsa Autor mit seenen Freund Peter. Der fuhr ne´ Opel Rekord, mit Handschaltung und un ville Platz vor die Freundin hinten. Nu fährt nich jeda Popel ne´ Opel, unsa Autor fuhr een MG-Roaster 1.600, den konnta sich eijendlich jarnich leisten. Janz kleene uffen zweeten Bild is unsa Willy Brandt zu sehn´, im Spalier vonne BVGler. Dette mit dem Schnee, uffjenommen bei -20 Grad is uffen Teufelsberch, nach unter Skipiste, nach oben de Radarsttion vonne Amis, wollten doch wissen, wat de Roten im Osten so quatschen. Un de Beeden im Louisenpark im Winta, sin unsa Autor mit seene Freundin Roswitha, mit né schicken Wintermantel und Hochfrisur.“

„Kalle, ick bin im Bilde, und det hatta allet uffschrieben, so vonne
60ziger ausse letzte Jahrhundat bis jetze. Da muss ick mal in det Buch
schnökern.“

„Tu ditte, Manni, kriste vorne schlappen Zwanziger zu koofen. Aba sach
mal, bis nich an wat Wissenschaftlichet intaressiat? So een bisschen
Fittness vor Kopp könnte dia ooch nich schaden.“

„Du meenst, ick soll mal meene Neese inna Doktaarbeit stecken. Da
vasteh ick ja nua Bahnhof. Un ditte will wat heeßen bei de Deutsche
Bahn.“

„Nu, Manni, denne is dia ooch nich mehr zu helfen. Wenne nicht ne´
stochastische Simulation vonne deterministisch untascheiden kannst,
wirste nie inne Bildungsjesellschaft ankommen.“

„Sach´ ma, Kalle, is ditte wat Unanständiges?

Sach´mal, wat machste denn zu Weihnachten?

Kalle und Manni treffen sich wieder. Diesmal, und nicht ganz zufällig, an der künstlichen Rodelbahn auf dem Weihnachtsmarkt am Potsdamer Platz. Sie schauen sich das Spektakel an, wie die Menschen in Gummireifen mehr oder weniger die Spur haltend über die Bahn schlittern.

„Du, Kalle, muss ick ooch mal probieren. Als ick det letzte Mal jerodelt bin, war ick dreizehn."

"Biste aba nich mehr, Manni, un' mitte deene paar Jahrzehnte druff is dette ooch nich so easy. Aba wat mich baruhig', is de Krankenwajen dadrüber, da kannste schnelle Hilfe erwarten. Unsa Autor hat ma erzählt, alsa Mitte seene Tochter hia war und wollte, hatta aba jelasse, als det Töchterchen sachte, oppa nich jerne weita Mitte Enkel rummachen möchte."

Doch Manni, dem jede jugendliche Frische fehlt, lässt sich nicht beirren. Er bezahlt für eine Rutschpartie, steigt zum Startpunkt hinauf, wo er den Gummireifen in Empfang nimmt. In der Mitte stehend, blickt er die Bahn hinunter, die unten an den Ständen endet. Mit den Hochhäusern des Potsdamer Platzes im Rücken fühlt er sich bei der Abfahrt wie Batman, der Gotham City zu Hilfe eilt. Nur, dass Batman wohl geübter war und nicht Manni heißt. Der kommt ins Schleudern, touchiert die Bande, überquert die Bahn, prallt auf der anderen Seite wieder gegen die Bande, um schließlich am Ende von kummergewohnten Angestellten in Empfang genommen zu werden. Leicht taumelnd kommt er zu Kalle zurück.

"Un' ick sach noch, mach'ditte nich, aba der olle Manni muss ja jelejentlich de Sau rauslassen."

„Ach wat, Kalle, jönnst ma och nüscht. Apropos nüscht, icke lade dia zuan anständigen Eiapunsch, denn wird ma jleich wieda bessa. Un' denne erzählst du mia mal, ob de in de Schreibstube uffnen jrünen Zweig jekommen bist. Sin ja ooch so ville hia rum, kleene Scherz, vastehste?"

„Seit September is nüscht mehr mit dem Schreiben. Der Thomas, usa Vorturna, hat jemeent, man muss, also wia, mal ne' Denkpause einlejen, er aba nich, der muss sich wat Neues ausdenken, un' da brauchta Zeit. Ick weeß nich, ob det bei allen Journaliste so is."

„Au Kalle, da haste bestimmt Langeweile, deswejen beste ja och hia. - Mannomann, de Eiapunsch haut aba ins Jesenk, da wird ma wieda schwindelich."

„Jib dia recht, aba eenen nehmen wa noch. Übrigens hab' ich wat von de andern Schreiberfritzen jehört. Die hab'n voreilije Weihnachtsjrüße jemailt und ooch jeschrieben, wat se' jemacht haben und wat se' jerne tun wollen."

„Darf ick dia mal korrigieren: Erika un Silvia als Fritze zu bezeichnen, is Ungendern, da biste nich mehr up to date. Un, det „jehört" meenst wohl im übertragenen Sinne."

„Mensch, Manni, ick gloobe, de Punsch bekommt dia nich. Also, de Silvia meent, man könnte doch Tischquiz spielen bevor det wieda losjeht, und de Wolfgang steht sich uffen Weihnachtsmarlt fornen juten Zweck die Füße platt. Und de Hermann Josef war in Afrika, jetze hatta ne' dicke Erkältung."

„Interessiat ma eijentlich jarnich, Kalle, Tischquiz kann ick nich, weeß och nich wie det jeht. De Wolgang war mal Vorstand bee ne' Vasicherung, hast ma erzählt, oppa da vill Jutet jetan hat? Kanna ja jetzte nachholen. Un' de Hermann Josef, wat turnt der bee de Schwatten rum, sin doch nich rheinisch-katholisch. Aba wat ma interessiat is, wat machste denn zu Weihnachten?"

„Ja, Manni, so janz weeß ick det ooch nich, is ja jedet Jahr det selbe. Als de Kinda noch kleen warn´, da habn´ wa richtig jefeiert, de Tannenboom uffbaun´, de Kerzen dran, keene elektrische, uffpassen, dass de Boom nich abfackelt. Un´ denne de Jeschenkearie. Wat habn´ sich de Jören jefeut.“

„Ach Kalle, werd´ mal nich rührselich, det Leben jehnt weita, ooch zu Weihnachten. Ick nehm´ meene Anjetraute untan Ärmchen und wia jehn´ in de Chrismette, det is kurz und bündich, siehste een schönen Weihnachtsboom, singst „Stille Nacht, heilige Nacht“, un´ schon biste in fröhlicha Stimmung. Dann jibs wat zu Happern, musste aba im Lokal vorbestellen. Wenne allet jeschafft hast, jehste in de Heia, nich um vorher wat Lekkares runterzukippen. Ick empfehle Asbach Uralt, is altersjerecht.“

„Ooch scheene, Manni, aba is nüscht Besondaret. Ick hab´mal unsan Autor jefracht, watta bis zum Fest so treibt, un´ wiea de Heilichabend verbringt. War interessant, könn´ wia och einiges machen. – Also, da jibt es mit de Mischpoke det Jänseessen, da krichta Wildschweingulasch und den lecken Wein von seene Schwaja, imma reichlich, allet. Denne singta Weihnachtslieda in seene Musikschule un´ azählt wat üba seene Weihnachen von früa. Am 15. Dezebember nimmta de Eleonore mit zu den Anglikanern. Da könnse´ im Stehen de ollen Weihnachtskorale singen und im Sitzen beten. Det Janze nennt sich „Nine Lessons & Carols“.

„Wat, Kalle, allet uff Englisch. Also, ma wär´ dette zu ville. Da krichste ja ne´ Weihnachtsblues.“

Wart´ ab, Manni, det is noch nich allet. Früa, hatta ma azählt, war er mit der Familie imma im Tannheimer Tal üba de Festaje. Die hatten schon ne´ Abo bei Regine und Anton, det warn de Vamieter vom Ferienhaus. Denne jabs keen Schnee mehr un ´och keene Unterkunft. So mitta de Zeit jabs Zuwachs, un´ der vaträcht keene lange Fahrten, so wird jetzte bei Oma und Opa jefeiert, also bei unsan Autor un´ seene Eleonore. Wiea dette mitte Töchta jemacht hat, nua de Kerzen sin jetzte LED.“ „Modern times, Kalle, modern times. Nu han´ wa ville üba Weihnachten jequatsch, sin aba noch nich weita mit ‚Wat machste denn zu Weihnachten‘. Haste denn übahaupt keene Idee oda hat uff dia det Handeln unsera Rejeirung abjefärbt?“

„Det is es, Manni, wia vatajen un sammeln, villeicht ooch Ideen. Komm, lass uns mal ne´ anständige Molle* zischen un´ ne´ kleenen Denkanstoß druff, det süße klebije Zeuch hia kann icke nich ma schnabulieren.“

„Ooch, Kalle, ick wollt´ doch noch ne´ Runde Schlittschuhloofen, det letzte Mal war mit zwölwe uffa Eis!“

„Hast wohl nich mehr alle Zwölwe, hast wohl een inne Birne. Komm nich inne Tüte. - Taxi, wia wolln´ zuna ‚Schildkröte‘ am Ku-Damm.“

Weihnachtsmarkt und Winterwelt am Potsdamer Platz

*Charlottenburger Pilsener von der Egelhardt Brauerei

Haupstädters Gedanken zwischen den Jahren

Die Weihnachtsfeiertage sind vorbei, aber Kalle und Manni haben das Bedürfnis, ihre Wünsche und Hoffnungen für das neue Jahr auszutauschen. Nun suchen sie nach einem geeigneten Ort dafür. Es soll kein gewöhnliches Treffen werden. Im offiziellen Hauptstadtportal werden sie fündig: Berlins höchster Weihnachtsbaum steht im grünen Wilmersdorf auf dem Teufelsberg: Der Wintermarkt auf dem Teufelsberg lockt mit einem liebevollen Programm. So die Überschrift und weiter: Zwischen Streetart und historischer Infrastruktur begrüßt Berlin 2024 einen neuen Weihnachtsmarkt. Hoch oben auf dem Teufelsberg können die Besucherinnen und Besucher an verschiedenen Ständen nach Kunsthandwerk stöbern oder weihnachtliche Leckereien genießen. Ein besonderes Highlight ist der herrliche Blick über den Grunewald und die abenteuerliche Erkundung der ehemaligen Abhörstation. Kalle und Manni sind begeistert und verabreden sich.

„Au Backe, Manni, musste erst Talerchen berappen, um hia raufzukommen und denne noch aleene hochkraxeln. Dette is zu ville für ne' Passivsportler, wie mia."

"Ja, Kalle, früa jabs mal ne' for de Wintasportla ne' Lift, da konnten die mitte Schia hoch un' mit de Schlitten ooch. Unta aba jetrennt, de eenen uffe Piste, de andere uffe Rodelbahn. Is aba schon lange her. Jab aba imma Schnee, un es war saukalt.“

„Kalt isset jetze ooch, un de Wind pfeift ma umme Birne. Komm Manni, da drüben jib's wat Warmet mit Umdrehung. Da setzen wa uns und ick quatsch mia mal richtich bee dia aus.“

Kalle und Manni finden noch einen Platz in der Glühweinbude, in der schon Hochbetrieb herrscht. Etwas abseits kommen sie auf das vergangene Weihnachtsfest zu sprechen.

„Ach weeßte Kalle, dette is imma det selbe. Musste ne´ Weihnachtsboom koofen und uffstelln´, de Anjetraute hat sich inna Küche breetjemacht, dann kam de Jören und ham de Boom jeschmückt. Jeda hat seen Jescheng jekricht, mit Keenigkeiten wie früa sin se´nich mehr zufrieden. Als icke kleene war, war dette noch andas.“

„Ja, Manni, so jeht det, Weihnachten for Weihnachten. Icke bin zua Christmette inne Kirche vonne Paulusjemeende jejangen. War schön feierlich, bee Stille Nacht, heilige Nacht brannten nua die Lichta vom Tannenboom un bee O, du fröhliche haben´ se uns ins Freie jelassen. Wia sin denne zum Weihnachtsessen ins Restaurante jejangen, Entenkeule mit Orangensoße, Rotkohl und Kartoffelklöse. Hmmm..“

„Hör uff, Kalle, da kiech icke ja jleich ne´ richtigen Kohldampf. Noch ne´ Pöttchen, un denne eene Zurrywurscht mit Pommes Frittes mit ordentlich Majo. – Aba, haste mal wat fon unsan Autor jehört? Wat hat der denn so jetriebn´ uff Weihnachte?“

„Jut daste´ frachst, Manni. Icke hab mitten kurz jesprochen. Hat jesach, seit seene Kinda Familien haben´ un damit andere Verpflichtungen, fahnse nich so wie früa ins Tannheimer Tal, un außerdem jibet dort ooch keen Schnee. Da kanna jleich hia bleibn´.“

„Ja, Kalle, früa war allet weeßer, heute is allet dunkla. Un weeßte warum? Haste mal wat jehört vonne Dunkelflaute?“ Dette is wenne Wettergott un Harbeck nich koalieren. Also wennet am Taje dunkel is un keene Winde wehn´, denn jibs keene ökologische Energie. Denne koofen wa bee de Franzmänner Atomstrom, weil de Harbeck de Atomkraftwerke abjeschaltet hat.“

„Au weia, is dette nich teua for de Vabraucha? Los, Manni, jehn´wa rüba zua Wurschtbude, bevor denen de Enerjie ausjeht.“

Kalle und Manni lassen sich genüsslich über die Currywurst mit Pommes im Berliner Standard schmecken, meinten aber, dass die Currywurst bei der *Bratpfanne* in der Schloßstraße besser wäre, da macht Muttern noch die Soße selbst. Dann bewunderte sie noch den großen Weihnachtsbaum und schaute sich um, der Grunewald lag im Dunkeln, aber die Hauptstadt leuchtete. Nun war es Zeit, sich auf den Heimweg zu machen. Unterwegs unterhielten sie sich weiter.

„Na Kalle, machste weita bei deene Schreibalinge, oda biste jetze kulturell uff de Höhe?"

„Icke sach mal so, wenn uff de Höhe mitta Kultur bleiben will, muss dia ranhalten, also weitamachen, vastehste? Sonst landeste uffne Sofa oder inna Kneipe, un nach und nach jehste een wie ne' Primel."

"Wat is denn daran schlimm, Kalle, machste dia et bequem, un kieckst dia inna Glotze den neuesten Müsterkrimi oder ne' Konzert mit André Rieu. Dette is jenoch Kultur für mia. Kann icke ooch jut einschlafen, schon forne Fernseha."

„Keen Wunda, Manni, da haste schon det Sixpack intus. Aba ernsthaft, wat wird mit uns, wenn unsa Autor nich mehr weitamacht. Ick versteh ja, dass die aussa Schreibstube nua de Hälften vastehen, wat wir quatschen, aba de sin ja nicht vonne Hauptstadt, ooch wenn se' dette vonne Karneval bei sich behaupten. Un üba uns willa ne' Hauptstadter Anthologie schreiben, hatta jesacht."

"Mensch, Manni, wat willa schreiben, ne' Anthologie? Na, zum Essen is ditte bestimmt nicht, klär mia mal uff, du weeßt doch, ick jehör nicht zu de Jebildeten."

"Brachste ooch nich, koofst dia ausnahmsweise mal ne' Zeitung, am besten de Hauspostille det deutschen Bürjatum, die FAZ. Da kieckste uff de letzte Seite von det Feuilleton de Frankfurter Anthologie an, is mesten Lyrik. Nee, Manni, dette is so schwer for dia, gib mal im Internet Anthologie een oda wenn det nich kannst, kieck ins Lexikon, wenn de eens hast, kannst ooch ne Jebildeten frajen. Denne weeßte, det dette Blütenlese heeßt, kommt vonne ollen Jriechen."

„Jut, Kalle, denne sin wa zwee Kaktusblüten, ick bin damitte eenvastanden. Aba Kalle, wenn wa hia so runta jehn, kannst dia noch an früa erinnern, alse all de Schutt un de Trümma vonne zastörte Stadt hia uffjetürmt habn', un de Ammi ihrn Müll dazu, bis se' uff üba 100 m warn. Dann habn' uns amerikanischen Freunde een Radarstation jebaut, danach habnse' allet mitbekommen, wat bee de Kommustisten so anjesach war."

„Manni, die sin doch 1994 wech un for de blühenden Landschaften, da brauchte wa keene Lauscha, aba ville Kohle."

„Ja, Kalle, dette is schon ne' Weile her, wat meeste denn, tuste dia wat wünschen fors neue Jahr? Icke wär schon froh, wenn es nich schlimma kommt, nich mehr Zuzuch un' de Clans uffe Sonneallee jeht ne Licht uff, dann tunse ooch nich mehr klauen. Un mitte Ordnungsamt werdn'se fast noch Freunde."

„Ach, Manni, dette wär' schon wat. Pasönlich freue ick ma uff de Schreibstube, ooch de Jebildeten können ja janz nett sin. Un mtta Anjetrauten will ick ooch mal raus, villeecht uffne' Schiff wie du schon mal. Usa Autor kricht ja nich jenug dafonne. Will mal nach Down Under. Hat wohl ville Jeld übrich."

„Kalle, bisst ne' olle Neidhammel. Kieck mal, der muss sich mal belohnen, hat doche ne' Novelle jeschrieben bee so een richtijen Valalach. Kannst dia noch ainnern an dett kleene Bild uffen Cover, ja, det linke unten, det hatta damals uffen Teufelsberch uffjenommen. Da issa mit seina damalijen Frau jewesen, mitte so ville Schnee, allet wie jepundat."

„Un hat jesacht, det dette bee -20 Grad war. Kurz vor Neujahr war dette, un da wussta schon, dassa demnächst uffne zweeten Bildungswech jehen würde. Naja, seene Frau hatte ja Arbeet uffne´ Fernmeldeamt.“

Damit verabschieden sich Kalle und Manni. Sie wünschen den geneigten Lesenden einen guten Rutsch ins neue Jahr und alles bedenklich Gute. Der Autor schließt sich dem an.

Ruinen der Radarstation auf dem Teufelsberg

Rasanter Verfall: Über den Geisteszustand des deutschen Bürgertums

Die Lektüre der Frankfurter Allgemeinen kann sich lohnen. Denn sie vermittelt Einblicke in den intellektuellen Abgrund der Führungsschichten. Drei Eigenschaften sind heute ihr Markenzeichen.

Ein Blick ins Zentralorgan des deutschen Bürgertums, der *Frankfurter Allgemeinen Zeitung*, kann immer noch erhellend sein. Nicht unbedingt im aufklärerischen Sinne, aber doch sehr lehrreich, in Hinblick auf den Geisteszustand der hiesigen Eliten – die, wie wir gerade mal wieder gelernt haben – immer noch westdeutsche Eliten sind.

Gleich auf Seite eins erfahren wir am Mittwoch beim Überfliegen des Leitartikels – verlinken lässt sich das nicht, denn Online hat die Zeitung mit ihrer Papierausgabe nicht allzu viel zu tun –, dass das Blatt die "illegalen Migranten", also Einwanderer, die hier Asyl suchen, wozu sie immer noch ein Recht aber keinerlei legalen Einreisemöglichkeiten haben, "bekämpft" und von der Bundesinnenministerin diesbezüglich mehr Engagement sehen möchte.

Aber das eigentlich nur am Rande, obwohl dies ebenso aufschlussreich ist, wie die Tatsache, dass das Leitmedium des hiesigen Kapitals meint – ebenfalls auf Seite eins – noch einmal die diplomatischen Ausfälle der grünen und deswegen ansonsten nicht sehr geliebten Außenministerin gegen China wiederholen zu müssen, und zwar in einer Bildmeldung ohne jeden sonstigen nachrichtlichen Nährwert.

Aber irgendwie passt das alles sehr schön zu dem darunter platzierten Artikel über den heldenhaften Kampf des freidemokratischen Bundesverkehrsminister Volker Wissing für sogenannte E-Fuels und Verbrennermotoren in Brüssel. Die EU-Kommission versuche mit ihrem

Entwurf einer Verordnung über die Zukunft von Fahrzeugen mit Otto-oder Dieselmotor gemachte Zusagen zu umgehen.

Dem Minister geht es darum, dass auch nach 2035 noch neue Verbrenner-Autos zugelassen werden, sofern diese synthetischen Kraftstoffe verbrauchen. Im Befehlston lässt er die Kommissions-präsidentin wissen, dass von ihr Unterstützung erwartet wird. „Die Eliten versagen, sie sind unfähig, auf die Klimakrise zu reagieren."

Hintergrund ist, dass seine Auftraggeber in der deutschen Automobilbranche nicht nur die rechtzeitige Entwicklung von Elektroantrieben verpennt haben, sondern die großen Gewinnmargen ohnehin im Luxussegment machen. Bei den besonders teuren Autos, den SUV und den Sportwagen. Und die Klientel, die sich diese teuren "Protz-zeuge" leistet, steht offensichtlich aufs Brumm-Brumm.

Ach, und übrigens: Die E-Fuels, die die *FAZ* für "klimaneutrale Kraftstoffe" hält, werden irgendwann einmal mit dem Einsatz von viel Strom produziert werden, und zwar mit einem Gesamtwirkungsgrad von 0,2 oder weniger. Das heißt, man wird mindestens das Fünffache an Strom einsetzen müssen, um einen Pkw mit E-Fuels anzutreiben, als wenn dieser einen Elektromotor hätte und man den Strom in den Akku einspeisen würde.

So viel halt zum Geisteszustand des hiesigen Bürgertums: rassistisch, außenpolitisch auf Krawall gebürstet und technologisch inzwischen hinterwäldlerischer als der letzte Alm-Öhi.

9. September 2023 von Wolfgang Pomrehn in Telepolis